Anónimo

Lazarillo de Tormes

Primera y segunda partes

Barcelona **2024**
Linkgua-ediciones.com

Créditos

Título original: Lazarillo de Tormes.

© 2024, Red ediciones S.L.

e-mail: info@linkgua.com

Diseño de cubierta: Michel Mallard.

ISBN tapa dura: 978-84-9953-515-9.
ISBN rústica: 978-84-96290-68-6.
ISBN ebook: 978-84-9897-540-6.

Sumario

Introducción

La vida de Lazarillo de Tormes y de sus fortunas y adversidades, está escrita en primera persona en estilo epistolar y narra las aventuras y desventuras de un pobre muchacho huérfano, Lázaro Gonzales Pérez, al que la vida le va a poner a prueba en multitud de ocasiones, por lo que deberá agudizar el ingenio para poder sobrevivir.

La obra es considerada precursora de la novela picaresca por elementos como el realismo, la narración en primera persona, la estructura itinerante entre varios amos y una ideología moralizante y pesimista.

Lazarillo de Tormes es un esbozo irónico y despiadado de la sociedad del momento, de la que se muestran sus vicios y actitudes hipócritas, sobre todo las de los clérigos y religiosos. Hay diferentes hipótesis sobre su autoría. Probablemente el autor fue simpatizante de las ideas erasmistas. Esto motivó que la Inquisición la prohibiera y que, más tarde, permitiera su publicación, una vez expurgada. La obra no volvió a ser publicada íntegramente hasta el siglo XIX.

Las distintas ediciones del Lazarillo

Las primeras ediciones del *Lazarillo* son nada menos que cuatro, todas del mismo año, 1554, todas diferentes y todas publicadas en distintos lugares. Los ejemplares que aún se conservan se editaron en *Burgos* (por Juan de Junta), *Medina del Campo* (por Mateo y Francisco Campo), *Alcalá de Henares* (por Salcedo) y *Amberes* (por Martín Nucio). Esta variedad de publicaciones hace pensar que habría una edición anterior cuyo éxito animó la aparición de las otras cuatro, coetáneas, incluso en tierras flamencas, como demuestra la de *Amberes*.

El texto de las cuatro ediciones de 1554 presenta algunas variantes y es preciso admitir, como hacen todos los estudiosos de la obra, que hubo al menos una edición anterior, si no más.

La edición que presentamos aquí es la de Alcalá de Henares, estampada por Salcedo: la versión de Alcalá es la que más difiere de las otras tres; presenta algunas interpolaciones que dilatan las aventuras de Lázaro y enfatizan aún más su tono satírico.

El anónimo autor de la novela

Una de las primeras teorías que se manejaron acerca del posible autor del *Lazarillo de Tormes* fue la del fraile jerónimo Juan de Ortega, en cuya celda se encontró uno de los ejemplares más antiguos de la obra, aunque ya algunos escritores del siglo XVII habían señalado a Diego Hurtado de Mendoza como el verdadero autor.

Otra de las hipótesis consideradas como más verosímiles durante muchos años fue la de que el autor del *Lazarillo* era el escritor toledano Sebastián de Horozco, debido a las similitudes entre la prosa de esta obra y la de sus escritos.

Durante los últimos años circuló como muy verosímil la investigación de la catedrática de Literatura Rosa Navarro, quien atribuía la obra a Alfonso de Valdés, secretario de cartas latinas del emperador Carlos V, quien murió víctima de la peste en Viena en 1532.

La última de las investigaciones sobre el autor del *Lazarillo de Tormes* se debe a un exhaustivo trabajo de la paleógrafa Mercedes Agulló, y viene a atribuir la autoría a Diego Hurtado de Mendoza.

En cambio, el crítico Francisco Rico señala que el verdadero nombre del autor «sigue ocultándosenos, y es de temer que sin remedio». Porque, en rigor, añade Rico, el Lazarillo «no es tanto un libro anónimo, de pluma ignorada, como, más propiamente, un libro apócrifo, atribuido a un falso autor, el propio protagonista».

Mozo de muchos amos

El Lazarillo de Tormes, tal y como hoy lo conocemos, se estructura externamente mediante un prólogo y siete tratados. Sin embargo, dicha división debió de ser establecida por los editores de la obra, no por el autor, dado que en algún caso no se da una relación coherente entre el título y el contenido del tratado.

Lázaro inicia el prólogo justificando el propósito de la obra, que es el de narrar «cosas tan señaladas y por ventura nunca oídas ni vistas que deben llegar a noticia de muchos y no enterrarse en la sepultura del olvido». El narrador explica la historia como si fuera una carta dirigida a una persona, llamada «Vuestra Merced».

A continuación, el relato se estructura en siete tratados de extensión desigual que narran la historia de Lázaro de forma lineal desde su infancia hasta el momento en que Lázaro escribe la carta, siendo ya adulto. Se trata, por tanto, de una narración abierta que admite posibles continuaciones. A lo largo de los siete tratados se narran las aventuras y vivencias de Lázaro, que sirve a varios amos de los que aprende a cómo sobrevivir. De esta manera la novela contará en primera persona la vida de un mozo de servicio, que pasa de amo en amo, durante su infancia y juventud.

Prólogo

Yo por bien tengo que cosas tan señaladas, y por ventura nunca oídas ni vistas, vengan a noticia de muchos y no se entierren en la sepultura del olvido, pues podría ser que alguno que las lea halle algo que le agrade, y, a los que no ahondaren tanto, los deleite. Y a este propósito dice Plinio que no hay libro, por malo que sea, que no tenga alguna cosa buena; mayormente que los gustos no son todos unos, mas lo que uno no come, otro se pierde por ello. Y así vemos cosas tenidas en poco de algunos, que de otros no lo son. Y esto para que ninguna cosa se debería romper ni echar a mal, si muy detestable no fuese, sino que a todos se comunicase, mayormente siendo sin perjuicio y pudiendo sacar de ella algún fruto. Porque, si así no fuese, muy pocos escribirían para uno solo, pues no se hace sin trabajo, y quieren, ya que lo pasan, ser recompensados, no con dineros, mas con que vean y lean sus obras y, si hay de qué, se las alaben. Y, a este propósito, dice Tulio: «La honra cría las artes».

¿Quién piensa que el soldado que es primero del escala tiene más aborrecido el vivir? No por cierto; mas el deseo de alabanza le hace ponerse al peligro; y así en las artes y letras es lo mismo. Predica muy bien el presentado y es hombre que desea mucho el provecho de las ánimas; mas pregunten a su merced si le pesa cuando le dicen: «¡Oh, qué maravillosamente lo ha hecho vuestra reverencia!». Justó muy ruinmente el señor don Fulano, y dio el sayete de armas al truhán, porque le loaba de haber llevado muy buenas lanzas: ¿qué hiciera si fuera verdad?

Y todo va de esta manera: que, confesando yo no ser más santo que mis vecinos, de esta nonada, que en este grosero estilo escribo, no me pesará que hayan parte y se huelguen con ello todos los que en ella algún gusto hallaren, y vean que vive un hombre con tantas fortunas, peligros y adversidades.

Suplico a vuestra merced reciba el pobre servicio de mano de quien lo hiciera más rico si su poder y deseo se conformaran. Y pues vuestra merced escribe se le escriba y relate el caso muy por extenso, parecióme no tomarle por el medio, sino del principio, porque se tenga entera noticia de mi persona, y también porque consideren los que heredaron nobles estados cuán poco se les debe, pues Fortuna fue con ellos parcial, y cuánto más hicieron los que, siéndoles contraria, con fuerza y maña remando, salieron a buen puerto.

Tratado primero. Cuenta Lázaro su vida y cuyo hijo fue

Pues sepa vuestra merced, ante todas cosas, que a mí me llamaban Lázaro de Tormes, hijo de Tomé González y de Antona Pérez, naturales de Tejares, aldea de Salamanca. Mi nacimiento fue dentro del río Tormes, por la cual causa tomé el sobrenombre; y fue de esta manera: mi padre, que Dios perdone, tenía cargo de proveer una molienda de una aceña que está ribera de aquel río, en la cual fue molinero más de quince años; y, estando mi madre una noche en la aceña, preñada de mí, tomóle el parto y parióme allí. De manera que con verdad me puedo decir nacido en el río.

Pues siendo yo niño de ocho años, achacaron a mi padre ciertas sangrías mal hechas en los costales de los que allí a moler venían, por lo cual fue preso, y confesó y no negó, y padeció persecución por justicia. Espero en Dios que está en la gloria, pues el Evangelio los llama bienaventurados. En este tiempo se hizo cierta armada contra moros, entre los cuales fue mi padre (que a la sazón estaba desterrado por el desastre ya dicho), con cargo de acemilero de un caballero que allá fue. Y con su señor, como leal criado, feneció su vida.

Mi viuda madre, como sin marido y sin abrigo se viese, determinó arrimarse a los buenos por ser uno de ellos, y vínose a vivir a la ciudad y alquiló una casilla y metióse a guisar de comer a ciertos estudiantes, y lavaba la ropa a ciertos mozos de caballos del comendador de la Magdalena, de manera que fue frecuentando las caballerizas.

Ella y un hombre moreno de aquellos que las bestias curaban vinieron en conocimiento. Éste algunas veces se venía a nuestra casa y se iba a la mañana. Otras veces, de día llegaba a la puerta en achaque de comprar huevos, y entrábase en casa. Yo, al principio de su entrada, pesábame con él y habíale miedo, viendo el color y mal gesto que tenía; mas, de que vi que con su venida mejoraba el comer, fuile queriendo bien, porque siempre traía pan, pedazos de carne y en el invierno leños a que nos calentábamos.

De manera que, continuando la posada y conversación, mi madre vino a darme un negrito muy bonito, el cual yo brincaba y ayudaba a calentar. Y acuérdome que, estando el negro de mi padrastro trebejando con el mozuelo, como el niño vía a mi madre y a mí blancos y a él no, huía de él, con miedo, para mi madre, y, señalando con el dedo, decía:

—¡Madre, coco!

Respondió él riendo:

—¡Hideputa!

Yo, aunque bien muchacho, noté aquella palabra de mi hermanico, y dije entre mí: «¡Cuántos debe de haber en el mundo que huyen de otros porque no se ven a sí mismos!».

Quiso nuestra fortuna que la conversación del Zaide, que así se llamaba, llegó a oídos del mayordomo, y, hecha pesquisa, hallóse que la mitad por medio de la cebada, que para las bestias le daban, hurtaba, y salvados, leña, almohazas, mandiles, y las mantas y sábanas de los caballos hacía perdidas; y, cuando otra cosa no tenía, las bestias desherraba, y con todo esto acudía a mi madre para criar a mi hermanico. No nos maravillemos de un clérigo ni fraile, porque el uno hurta de los pobres y el otro de casa para sus devotas y para ayuda de otro tanto, cuando a un pobre esclavo el amor le animaba a esto.

Y probósele cuanto digo, y aún más; porque a mí con amenazas me preguntaban, y, como niño, respondía y descubría cuanto sabía con miedo: hasta ciertas herraduras que por mandado de mi madre a un herrero vendí.

Al triste de mi padrastro azotaron y pringaron, y a mi madre pusieron pena por justicia, sobre el acostumbrado centenario, que en casa del sobredicho comendador no entrase ni al lastimado Zaide en la suya acogiese.

Por no echar la soga tras el caldero, la triste se esforzó y cumplió la sentencia. Y, por evitar peligro y quitarse de malas lenguas, se fue a servir a los que al presente vivían en el mesón de la Solana; y allí, padeciendo mil importunidades, se acabó de criar mi hermanico hasta que supo andar, y a mí hasta ser buen mozuelo, que iba a los huéspedes por vino y candelas y por lo demás que me mandaban.

En este tiempo vino a posar al mesón un ciego, el cual, pareciéndole que yo sería para adestralle, me pidió a mi madre, y ella me encomendó a él, diciéndole cómo era hijo de un buen hombre, el cual, por ensalzar la fe, había muerto en la de los Gelves, y que ella confiaba en Dios no saldría peor hombre que mi padre, y que le rogaba me tratase bien y mirase por mí, pues era huérfano. Él respondió que así lo haría y que me recibía, no por mozo, sino por hijo. Y así le comencé a servir y adestrar a mi nuevo y viejo amo.

Como estuvimos en Salamanca algunos días, pareciéndole a mi amo que no era la ganancia a su contento, determinó irse de allí; y cuando nos hubimos de partir, yo fui a ver a mi madre, y, ambos llorando, me dio su bendición y dijo:

—Hijo, ya sé que no te veré más. Procura de ser bueno, y Dios te guíe. Criado te he y con buen amo te he puesto; válete por ti.

Y así me fui para mi amo, que esperándome estaba.

Salimos de Salamanca, y, llegando a la puente, está a la entrada de ella un animal de piedra, que casi tiene forma de toro, y el ciego mandóme que llegase cerca del animal, y, allí puesto, me dijo:

—Lázaro, llega el oído a este toro y oirás gran ruido dentro de él.

Yo simplemente llegué, creyendo ser así. Y como sintió que tenía la cabeza par de la piedra, afirmó recio la mano y diome una gran calabazada en el diablo del toro, que más de tres días me duró el dolor de la cornada, y díjome:

—Necio, aprende, que el mozo del ciego un punto ha de saber más que el diablo.

Y rió mucho la burla.

Parecióme que en aquel instante desperté de la simpleza en que, como niño, dormido estaba. Dije entre mí: «Verdad dice éste, que me cumple avivar el ojo y avisar, pues solo soy, y pensar cómo me sepa valer».

Comenzamos nuestro camino, y en muy pocos días me mostró jerigonza. Y, como me viese de buen ingenio, holgábase mucho y decía:

—Yo oro ni plata no te lo puedo dar; mas avisos para vivir muchos te mostraré.

Y fue así, que, después de Dios, éste me dio la vida, y, siendo ciego, me alumbró y adestró en la carrera de vivir.

Huelgo de contar a vuestra merced estas niñerías, para mostrar cuánta virtud sea saber los hombres subir siendo bajos, y dejarse bajar siendo altos, cuánto vicio.

Pues, tornando al bueno de mi ciego y contando sus cosas, vuestra merced sepa que, desde que Dios crió el mundo, ninguno formó más astuto ni sagaz. En su oficio era un águila: ciento y tantas oraciones sabía de coro; un tono bajo, reposado y muy sonable, que hacía resonar la iglesia donde rezaba; un rostro humilde y devoto, que, con muy buen continente, ponía cuando rezaba, sin hacer gestos ni visajes con boca ni ojos, como otros suelen hacer.

Allende desto, tenía otras mil formas y maneras para sacar el dinero. Decía saber oraciones para muchos y diversos efectos: para mujeres que no parían; para las que estaban de parto; para las que eran malcasadas, que sus maridos las quisiesen bien. Echaba pronósticos a las preñadas: si traían hijo o hija. Pues en caso de medicina decía que Galeno no supo la mitad que él para muelas, desmayos, males de madre. Finalmente, nadie le decía padecer alguna pasión, que luego no le decía:

—Haced esto, haréis esto otro, cosed tal yerba, tomad tal raíz.

Con esto andábase todo el mundo tras él, especialmente mujeres, que cuanto les decía creían. De éstas sacaba él grandes provechos con las artes que digo, y ganaba más en un mes que cien ciegos en un año.

Mas también quiero que sepa vuestra merced que, con todo lo que adquiría y tenía, jamás tan avariento ni mezquino hombre no vi; tanto, que me mataba a mí de hambre, y así no me demediaba de lo necesario. Digo verdad: si con mi sutileza y buenas mañas no me supiera remediar, muchas veces me finara de hambre; mas, con todo su saber y aviso, le contaminaba de tal suerte que siempre, o las más veces, me cabía lo más y mejor. Para esto le hacía burlas endiabladas, de las cuales contaré algunas, aunque no todas a mi salvo.

Él traía el pan y todas las otras cosas en un fardel de lienzo, que por la boca se cerraba con una argolla de hierro y su candado y su llave; y al meter de las cosas y sacallas, era con tanta vigilancia y tan por contadero, que no bastara todo el mundo a hacerle menos una migaja. Mas yo tomaba aquella lacería que él me daba, la cual en menos de dos bocados era despachada. Después que cerraba el candado y se descuidaba, pensando que yo estaba entendiendo en otras cosas, por un poco de costura, que muchas veces del un lado del fardel descosía y tornaba a coser, sangraba el avariento fardel, sacando, no por tasa pan, más buenos pedazos, torreznos y longaniza. Y así, buscaba conveniente tiempo para rehacer, no la chaza, sino la endiablada falta que el mal ciego me faltaba.

Todo lo que podía sisar y hurtar traía en medias blancas, y, cuando le mandaban rezar y le daban blancas, como él carecía de vista, no había el que se la daba amagado con ella, cuando yo la tenía lanzada en la boca y la media aparejada, que, por presto que él echaba la mano, ya iba de mi cambio aniquilada en la mitad del justo precio. Quejábaseme el mal ciego, porque al tiento luego conocía y sentía que no era blanca entera, y decía:

—¿Qué diablo es esto, que, después que conmigo estás, no me dan sino medias blancas, y de antes una blanca y un maravedí hartas veces me pagaban? En ti debe estar esta desdicha.

También él abreviaba el rezar y la mitad de la oración no acababa, porque me tenía mandado que, en yéndose el que la mandaba rezar, le tirase por cabo del capuz. Yo así lo hacía. Luego él tornaba a dar voces diciendo:

—¿Mandan rezar tal y tal oración? —como suelen decir.

Usaba poner cabe sí un jarrillo de vino cuando comíamos, y yo muy de presto le asía y daba un par de besos callados y tornábale a su lugar. Mas duróme poco, que en los tragos conocía la falta, y, por reservar su vino a salvo, nunca después desamparaba el jarro, antes lo tenía por el asa asido. Mas no había piedra imán que así trajese a sí como yo con una paja larga de centeno que para aquel menester tenía hecha, la cual, metiéndola en la boca del jarro, chupando el vino, lo dejaba a buenas noches. Mas, como fuese el traidor tan astuto, pienso que me sintió, y dende en adelante mudó propósito y asentaba su jarro entre las piernas y atapábale con la mano, y así bebía seguro.

Yo, como estaba hecho al vino, moría por él, y viendo que aquel remedio de la paja no me aprovechaba ni valía, acordé en el suelo del jarro hacerle una fuentecilla y agujero sutil, y, delicadamente, con una muy delgada tortilla de cera, taparlo; y, al tiempo de comer, fingiendo haber frío, entrábame entre las piernas del triste ciego a calentarme en la pobrecilla lumbre que teníamos, y, al calor de ella luego derretida la cera, por ser muy poca, comenzaba la fuentecilla a destilarme en la boca, la cual yo de tal manera ponía, que maldita la gota se perdía. Cuando el pobreto iba a beber, no hallaba nada. Espantábase, maldecíase, daba al diablo el jarro y el vino, no sabiendo qué podía ser.

—No diréis, tío, que os lo bebo yo —decía—, pues no le quitáis de la mano.

Tantas vueltas y tientos dio al jarro, que halló la fuente y cayó en la burla; mas así lo disimuló como si no lo hubiera sentido.

Y luego otro día, teniendo yo rezumando mi jarro como solía, no pensando el daño que me estaba aparejado ni que el mal ciego me sentía, sentéme como solía; estando recibiendo aquellos dulces tragos, mi cara puesta hacia el cielo, un poco cerrados los ojos por mejor gustar el sabroso licor, sintió el desesperado ciego que ahora tenía tiempo de tomar de mí venganza, y con toda su fuerza, alzando con dos manos aquel dulce y amargo jarro, le dejó caer sobre mi boca, ayudándose, como digo, con todo su poder, de manera que el pobre Lázaro, que de nada de esto se guardaba, antes, como otras veces, estaba descuidado y gozoso, verdaderamente me pareció que el cielo, con todo lo que en él hay, me había caído encima.

Fue tal el golpecillo, que me desatinó y sacó de sentido, y el jarrazo tan grande, que los pedazos de él se me metieron por la cara, rompiéndomela por muchas partes, y me quebró los dientes, sin los cuales hasta hoy día me quedé.

Desde aquella hora quise mal al mal ciego, y, aunque me quería y regalaba y me curaba, bien vi que se había holgado del cruel castigo. Lavóme con vino las roturas que con los pedazos del jarro me había hecho, y, sonriéndose, decía:

—¿Qué te parece Lázaro? Lo que te enfermó te sana y da salud —y otros donaires que a mi gusto no lo eran.

Ya que estuve medio bueno de mi negra trepa y cardenales, considerando que, a pocos golpes tales, el cruel ciego ahorraría de mí, quise yo ahorrar de él; mas no lo hice tan presto, por hacello más a mi salvo y provecho. Y aunque yo quisiera asentar mi corazón y perdonalle el jarrazo, no daba lugar el maltratamiento que el mal ciego dende allí adelante me hacía, que sin causa ni razón me hería, dándome coscorrones y repelándome.

Y si alguno le decía por qué me trataba tan mal, luego contaba el cuento del jarro, diciendo:

—¿Pensaréis que este mi mozo es algún inocente? Pues oíd si el demonio ensayara otra tal hazaña.

Santiguándose los que lo oían, decían:

—¡Mirad quién pensara de un muchacho tan pequeño tal ruindad!

Y reían mucho el artificio y decíanle:

—¡Castigadlo, castigadlo, que de Dios lo habréis!

Y él, con aquello, nunca otra cosa hacía.

Y en esto yo siempre le llevaba por los peores caminos, y adrede, por hacerle mal y daño; si había piedras, por ellas; si lodo, por lo más alto; que, aunque yo no iba por lo más enjuto, holgábame a mí de quebrar un ojo por quebrar dos al que ninguno tenía. Con esto, siempre con el cabo alto del tiento me atentaba el colodrillo, el cual siempre traía lleno de tolondrones y pelado de sus manos. Y, aunque yo juraba no hacerlo con malicia, sino por no hallar mejor camino, no me aprovechaba ni me creía, mas tal era el sentido y el grandísimo entendimiento del traidor.

Y porque vea vuestra merced a cuánto se extendía el ingenio de este astuto ciego, contaré un caso de muchos que con él me acaecieron, en el cual me parece dio bien a entender su gran astucia. Cuando salimos de Salamanca, su motivo fue venir a tierra de Toledo, porque decía ser la gente más rica, aunque no muy limosnera. Arrimábase a este refrán: «Más da el duro que el desnudo». Y vinimos a este camino por los mejores lugares. Donde hallaba buena acogida y ganancia, deteníamonos; donde no, a tercero día hacíamos San Juan.

Acaeció que, llegando a un lugar que llaman Almorox al tiempo que cogían las uvas, un vendimiador le dio un racimo de ellas en limosna. Y como suelen ir los cestos maltratados, y también porque la uva en aquel tiempo está muy madura, desgranábasele el racimo en la mano. Para echarlo en el fardel, tornábase mosto, y lo que a él se llegaba. Acordó de hacer un banquete, así por no poder llevarlo, como por contentarme, que aquel día me había dado muchos rodillazos y golpes. Sentámonos en un valladar y dijo:

—Ahora quiero yo usar contigo de una liberalidad, y es que ambos comamos este racimo de uvas y que hayas de él tanta parte como yo. Partillo hemos de esta manera: tú picarás una vez y yo otra, con tal que me prometas no tomar cada vez más de una uva. Yo haré lo mismo hasta que lo acabemos, y de esta suerte no habrá engaño.

Hecho así el concierto, comenzamos; mas luego al segundo lance, el traidor mudó propósito, y comenzó a tomar de dos en dos, considerando que yo debería hacer lo mismo. Como vi que él quebraba la postura, no me contenté ir a la par con él, mas aún pasaba adelante: dos a dos y tres a tres y como podía las comía. Acabado el racimo, estuvo un poco con el escobajo en la mano, y, meneando la cabeza, dijo:

—Lázaro, engañado me has. Juraré yo a Dios que has tú comido las uvas tres a tres.

—No comí —dije yo—; mas ¿por qué sospecháis eso?

Respondió el sagacísimo ciego:

—¿Sabes en qué veo que las comiste tres a tres? En que comía yo dos a dos y callabas.

A lo cual yo no respondí. Yendo que íbamos así por debajo de unos soportales, en Escalona adonde a la sazón estábamos, en casa de un zapatero había muchas sogas y otras cosas que de esparto se hacen, y parte de ellas dieron a mi amo en la cabeza. El cual, alzando la mano, tocó en ellas, y viendo lo que era díjome:

—Anda presto, muchacho; salgamos de entre tan mal manjar, que ahoga sin comerlo.

Yo, que bien descuidado iba de aquello, miré lo que era y, como no vi sino sogas y cinchas, que no era cosa de comer, díjele:

—Tío, ¿por qué decís eso?

Respondióme:

—Calla, sobrino; según las mañas que llevas, lo sabrás y verás cómo digo verdad.

Y así pasamos adelante por el mismo portal y llegamos a un mesón, a la puerta del cual había muchos cuernos en la pared, donde ataban los recueros sus bestias, y como iba tentando si era allí el mesón adonde él rezaba cada día por la mesonera la oración de la emparedada, asió de un cuerno, y con un gran suspiro dijo:

—¡Oh, mala cosa, peor que tienes la hechura! ¡De cuántos eres deseado poner tu nombre sobre cabeza ajena y de cuán pocos tenerte ni aun oír tu nombre por ninguna vía!

Como le oí lo que decía, dije:

—Tío, ¿qué es eso que decís?

—Calla, sobrino, que algún día te dará éste que en la mano tengo alguna mala comida y cena.

—No le comeré yo —dije— y no me la dará.

—Yo te digo verdad; si no, verlo has, si vives.

Y así pasamos adelante hasta la puerta del mesón, adonde pluguiere a Dios nunca allá llegáramos, según lo que me sucedió en él.

Era todo lo más que rezaba por mesoneras y por bodegoneras y turroneras y rameras y así por semejantes mujercillas, que por hombre casi nunca le vi decir oración.

Reíme entre mí y, aunque muchacho, noté mucho la discreta consideración del ciego.

Mas, por no ser prolijo, dejo de contar muchas cosas, así graciosas como de notar, que con este mi primer amo me acaecieron, y quiero decir el despidiente y, con él, acabar.[1]

Estábamos en Escalona, villa del duque de ella, en un mesón, y diome un pedazo de longaniza que le asase. Ya que la longaniza había pringado y comídose las pringadas, sacó un maravedí de la bolsa y mandó que fuese por él de vino a la taberna. Púsome el demonio el aparejo delante los ojos, el cual, como suelen decir, hace al ladrón, y fue que había cabe el fuego un nabo pequeño, larguillo y ruinoso, y tal que, por no ser para la olla, debió ser echado allí.

Y como al presente nadie estuviese, sino él y yo solos, como me vi con apetito goloso, habiéndoseme puesto dentro el sabroso olor de la longaniza, del cual solamente sabía que había de gozar, no mirando qué me podría suceder, pospuesto todo el temor por cumplir con el deseo, en tanto que el ciego sacaba de la bolsa el dinero, saqué la longaniza y muy presto metí el sobredicho nabo en el asador, el cual, mi amo, dándome el dinero para el vino, tomó y comenzó a dar vueltas al fuego, queriendo asar al que, de ser cocido, por sus deméritos había escapado. Yo fui por el vino, con el cual no tardé en despachar la longaniza y, cuando vine, hallé al pecador del ciego que tenía entre dos rebanadas apretado el nabo, al cual aún no había conocido por no haberlo tentado con la mano. Como tomase las rebanadas y mordiese en ellas pensando también llevar parte de la longaniza, hallóse en frío con el frío nabo. Alteróse y dijo:

—¿Qué es esto, Lazarillo?

---

1 La presente edición es la de Alcalá de Henares, este pasaje difiere de las restantes.

—¡Lacerado de mí! —dije yo—. ¿Si queréis a mí echar algo? ¿Yo no vengo de traer el vino? Alguno estaba ahí y por burlar haría esto.

—No, no —dijo él—, que yo no he dejado el asador de la mano; no es posible.

Yo torné a jurar y perjurar que estaba libre de aquel trueco y cambio; mas poco me aprovechó, pues a las astucias del maldito ciego nada se le escondía. Levantóse y asióme por la cabeza y llegóse a olerme. Y como debió sentir el huelgo, a uso de buen podenco, por mejor satisfacerse de la verdad, y con la gran agonía que llevaba, asiéndome con las manos, abríame la boca más de su derecho y desatentadamente metía la nariz. La cual él tenía luenga y afilada, y a aquella sazón, con el enojo, se había aumentado un palmo; con el pico de la cual me llegó a la gulilla.

Y con esto, y con el gran miedo que tenía, y con la brevedad del tiempo, la negra longaniza aún no había hecho asiento en el estómago; y lo más principal: con el destiento de la cumplidísima nariz, medio cuasi ahogándome, todas estas cosas se juntaron y fueron causa que el hecho y golosina se manifestase y lo suyo fuese vuelto a su dueño. De manera que, antes que el mal ciego sacase de mi boca su trompa, tal alteración sintió mi estómago, que le dio con el hurto en ella, de suerte que su nariz y la negra mal mascada longaniza a un tiempo salieron de mi boca.

¡Oh gran Dios, quién estuviera aquella hora sepultado, que muerto ya lo estaba! Fue tal el coraje del perverso ciego, que, si al ruido no acudieran, pienso no me dejara con la vida. Sacáronme de entre sus manos, dejándoselas llenas de aquellos pocos cabellos que tenía, arañada la cara y rascuñado el pescuezo y la garganta. Y esto bien lo merecía, pues por su maldad me venían tantas persecuciones.

Contaba el mal ciego a todos cuantos allí se allegaban mis desastres, y dábales cuenta una y otra vez, así de la del jarro como de la del racimo, y ahora de lo presente. Era la risa de todos tan grande, que toda la gente que por la calle pasaba entraba a ver la fiesta; mas con tanta gracia y donaire contaba el ciego mis hazañas, que, aunque yo estaba tan maltratado y llorando, me parecía que hacía sinjusticia en no reírselas.

Y en cuanto esto pasaba, a la memoria me vino una cobardía y flojedad que hice, por que me maldecía, y fue no dejalle sin narices, pues tan buen tiempo tuve para ello, que la meitad del camino estaba andado; que con solo apretar los dientes se me quedaran en casa, y, con ser de aquel malvado, por ventura lo retuviera mejor mi estómago que retuvo la longaniza, y, no pareciendo ellas, pudiera negar la demanda. ¡Pluguiera a Dios que lo hubiera hecho, que eso fuera así que así!

Hiciéronnos amigos la mesonera y los que allí estaban, y, con el vino que para beber le había traído, laváronme la cara y la garganta. Sobre lo cual discantaba el mal ciego donaires, diciendo:

—Por verdad, más vino me gasta este mozo en lavatorios al cabo del año, que yo bebo en dos. A lo menos, Lázaro, eres en más cargo al vino que a tu padre, porque él una vez te engendró, mas el vino mil te ha dado la vida.

Y luego contaba cuántas veces me había descalabrado y harpado la cara, y con vino luego sanaba.

—Yo te digo —dijo— que, si hombre en el mundo ha de ser bienaventurado con vino, que serás tú.

Y reían mucho los que me lavaban con esto, aunque yo renegaba. Mas el pronóstico del ciego no salió mentiroso, y después acá muchas veces me acuerdo de aquel hombre, que sin duda debía tener espíritu de profecía, y me pesa de los sinsabores que le hice, aunque bien se lo pagué, considerando lo que aquel día me dijo salirme tan verdadero como adelante vuestra merced oirá.

Visto esto y las malas burlas que el ciego burlaba de mí, determiné de todo en todo dejalle, y, como lo traía pensado y lo tenía en voluntad, con este postrer juego que me hizo afirmélo más. Y fue así que luego otro día salimos por la villa a pedir limosna, y había llovido mucho la noche antes; y porque el día también llovía, y andaba rezando debajo de unos portales que en aquel pueblo había, donde no nos mojamos, mas como la noche se venía y el llover no cesaba, díjome el ciego:

—Lázaro, esta agua es muy porfiada, y cuanto la noche más cierra, más recia. Acojámonos a la posada con tiempo.

Para ir allá habíamos de pasar un arroyo, que con la mucha agua iba grande. Yo le dije:

—Tío, el arroyo va muy ancho; mas si queréis, yo veo por donde travesemos más aína sin mojarnos, porque se estrecha allí mucho y, saltando, pasaremos a pie enjuto.

Parecióle buen consejo y dijo:

—Discreto eres, por esto te quiero bien; llévame a ese lugar donde el arroyo se ensangosta, que ahora es invierno y sabe mal el agua, y más llevar los pies mojados.

Yo que vi el aparejo a mi deseo, saquéle de bajo de los portales y llevélo derecho de un pilar o poste de piedra que en la plaza estaba, sobre el cual y sobre otros cargaban saledizos de aquellas casas, y dígole:

—Tío, éste es el paso más angosto que en el arroyo hay.

Como llovía recio y el triste se mojaba, y con la priesa que llevábamos de salir del agua, que encima de nos caía, y, lo más principal, porque Dios le cegó aquella hora el entendimiento (fue por darme de él venganza), creyóse de mí, y dijo:

—Ponme bien derecho y salta tú el arroyo.

Yo le puse bien derecho enfrente del pilar, y doy un salto y póngome detrás del poste, como quien espera tope de toro, y díjele:

—¡Sus, saltad todo lo que podáis, porque deis de este cabo del agua!

Aun apenas lo había acabado de decir, cuando se abalanza el pobre ciego como cabrón y de toda su fuerza arremete, tomando un paso atrás de la corrida para hacer mayor salto, y da con la cabeza en el poste, que sonó tan recio como si diera con una gran calabaza, y cayó luego para atrás medio muerto y hendida la cabeza.

—¿Cómo, y olisteis la longaniza y no el poste? ¡Oled! ¡Oled! —le dije yo.

Y déjele en poder de mucha gente que lo había ido a socorrer, y tomo la puerta de la villa en los pies de un trote, y, antes de que la noche viniese, di conmigo en Torrijos. No supe más lo que Dios de él hizo ni curé de saberlo.

Tratado segundo. Cómo Lázaro se asentó con un clérigo, y de las cosas que con él pasó

Otro día, no pareciéndome estar allí seguro, fuime a un lugar que llaman Maqueda, adonde me toparon mis pecados con un clérigo, que, llegando a pedir limosna, me preguntó si sabía ayudar a misa. Yo dije que sí, como era verdad; que, aunque maltratado, mil cosas buenas me mostró el pecador del ciego, y una de ellas fue ésta. Finalmente, el clérigo me recibió por suyo.

Escapé del trueno y di en el relámpago, porque era el ciego para con éste un Alejandro Magno, con ser la misma avaricia, como he contado. No digo más, sino que toda la lacería del mundo estaba encerrada en éste: no sé si de su cosecha era o lo había anejado con el hábito de clerecía.

Él tenía un arcaz viejo y cerrado con su llave, la cual traía atada con un agujeta del paletoque. Y en viniendo el bodigo de la iglesia, por su mano era luego allí lanzado y tornada a cerrar el arca. Y en toda la casa no había ninguna cosa de comer, como suele estar en otras algún tocino colgado al humero, algún queso puesto en alguna tabla o en el armario, algún canastillo con algunos pedazos de pan que de la mesa sobran; que me parece a mí que, aunque de ello no me aprovechara, con la vista de ello me consolara.

Solamente había una horca de cebollas, y tras la llave, en una cámara en lo alto de la casa. De éstas tenía yo de ración una para cada cuatro días, y, cuando le pedía la llave para ir por ella, si alguno estaba presente, echaba mano al falsopeto y con gran continencia la desataba y me la daba diciendo:

—Toma y vuélvela luego, y no hagáis sino golosinar.

Como si debajo de ella estuvieran todas las conservas de Valencia, con no haber en la dicha cámara, como dije, maldita la otra cosa que las cebollas colgadas de un clavo. Las cuales él tenía tan bien por cuenta, que, si por malos de mis pecados me desmandara a más de mi tasa, me costara caro. Finalmente, yo me finaba de hambre.

Pues ya que conmigo tenía poca caridad, consigo usaba más. Cinco blancas de carne era su ordinario para comer y cenar. Verdad es que partía conmigo del caldo, que de la carne ¡tan blanco el ojo!, sino un poco de pan, y ¡pluguiera a Dios que me demediara!

Los sábados cómense en esta tierra cabezas de carnero, y enviábame por una, que costaba tres maravedís. Aquélla le cocía, y comía los ojos y la lengua y el cogote y sesos y la carne que en las quijadas tenía, y dábame todos los huesos roídos, y dábamelos en el plato, diciendo:

—Toma, come, triunfa, que para ti es el mundo. Mejor vida tienes que el papa.

«¡Tal te la dé Dios!» —decía yo paso entre mí.

A cabo de tres semanas que estuve con él vine a tanta flaqueza, que no me podía tener en las piernas de pura hambre. Vime claramente ir a la sepultura, si Dios y mi saber no me remediaran. Para usar de mis mañas no tenía aparejo, por no tener en qué dalle salto. Y, aunque algo hubiera, no podía cegalle, como hacía al que Dios perdone (si de aquella calabazada feneció), que todavía, aunque astuto, con faltalle aquel preciado sentido, no me sentía; mas estotro, ninguno hay que tan aguda vista tuviese como él tenía.

Cuando al ofertorio estábamos, ninguna blanca en la concha caía, que no era de él registrada: el un ojo tenía en la gente y el otro en mis manos. Bailábanle los ojos en el casco como si fueran de azogue. Cuantas blancas ofrecían tenía por cuenta, y, acabado el ofrecer, luego me quitaba la concha y la ponía sobre el altar.

No era yo señor de asirle una blanca todo el tiempo que con él viví, o, por mejor decir, morí. De la taberna nunca le traje una blanca de vino; mas aquel poco que de la ofrenda había metido en su arcaz compasaba de tal forma que le duraba toda la semana

Y por ocultar su gran mezquindad, decíame:

—Mira, mozo, los sacerdotes han de ser muy templados en su comer y beber, y por esto yo no me desmando como otros.

Mas el lacerado mentía falsamente, porque en cofradías y mortuorios que rezamos, a costa ajena comía como lobo y bebía más que un saludador.

Y porque dije de mortuorios, Dios me perdone, que jamás fui enemigo de la naturaleza humana sino entonces. Y esto era porque comíamos bien y me hartaban. Deseaba y aun rogaba a Dios que cada día matase el suyo. Y cuando dábamos sacramento a los enfermos, especialmente la extremaunción, como manda el clérigo rezar a los que están allí, yo cierto no era el postrero de la oración, y con todo mi corazón y buena voluntad rogaba al Señor, no que le echase a la parte que más servido fuese, como se suele decir, mas que le llevase de aqueste mundo.

Y cuando alguno de éstos escapaba, ¡Dios me lo perdone!, que mil veces le daba al diablo; y el que se moría, otras tantas bendiciones llevaba de mí dichas. Porque en todo el tiempo que allí estuve, que serían casi seis meses, solas veinte personas fallecieron, y éstas bien creo que las maté yo, o, por mejor decir, murieron a mi recuesta; porque, viendo el Señor mi rabiosa y continua muerte, pienso que holgaba de matarlos por darme a mí vida. Mas de lo que al presente padecía, remedio no hallaba; que, si el día que enterrábamos yo vivía, los días que no había muerto, por quedar bien vezado de la hartura, tornando a mi cotidiana hambre, más lo sentía. De manera que en nada hallaba descanso, salvo en la muerte, que yo también para mí, como para los otros deseaba algunas veces; mas no la veía, aunque estaba siempre en mí.

Pensé muchas veces irme de aquel mezquino amo; mas por dos cosas lo dejaba: la primera, por no me atrever a mis piernas, por temer de la flaqueza que de pura hambre me venía; y la otra, consideraba y decía: «Yo he tenido dos amos: el primero traíame muerto de hambre y, dejándole, topé con este otro, que me tiene ya con ella en la sepultura; pues si de éste desisto y doy en otro más bajo, ¿qué será, sino fenecer?». Con esto no me osaba menear, porque tenía por fe que todos los grados había de hallar más ruines. Y a abajar otro punto, no sonara Lázaro ni se oyera en el mundo.

Pues estando en tal aflicción, cual plega al Señor librar de ella a todo fiel cristiano, y sin saber darme consejo, viéndome ir de mal en peor, un día que el cuitado, ruin y lacerado de mi amo había ido fuera del lugar, llegóse acaso a mi puerta un calderero, el cual yo creo que fue ángel enviado a mí por la mano de Dios en aquel hábito. Preguntóme si tenía algo que adobar.

«En mí teníades bien que hacer, y no haríades poco, si me remediásedes» —dije paso, que no me oyó.

Mas, como no era tiempo de gastarlo en decir gracias, alumbrado por el Espíritu Santo, le dije:

—Tío, una llave de este arcaz he perdido, y temo mi señor me azote. Por vuestra vida, veáis si en ésas que traéis hay alguna que le haga, que yo os lo pagaré.

Comenzó a probar el angélico calderero una y otra de un gran sartal que de ellas traía, y yo ayudalle con mis flacas oraciones. Cuando no me cato, veo en figura de panes, como dicen, la cara de Dios dentro del arcaz, y, abierto, díjele:

—Yo no tengo dineros que daros por la llave; mas tomad de ahí el pago.

Él tomó un bodigo de aquéllos, el que mejor le pareció, y, dándome mi llave, se fue muy contento, dejándome más a mí.

Mas no toqué en nada por el presente, porque no fuese la falta sentida, y, aun porque me vi de tanto bien señor, parecióme que la hambre no se me osaba allegar. Vino el mísero de mi amo, y quiso Dios no miró en la oblada que el ángel había llevado.

Y otro día, en saliendo de casa, abro mi paraíso panal y tomo entre las manos y dientes un bodigo y en dos credos le hice invisible, no olvidándoseme el arca abierta. Y comienzo a barrer la casa con mucha alegría, pareciéndome con aquel remedio remediar dende en adelante la triste vida. Y así estuve con ello aquel día y otro gozoso; mas no estaba en mi dicha que me durase mucho aquel descanso, porque luego, al tercero día, me vino la terciana derecha. Y fue que veo a deshora al que me mataba de hambre sobre nuestro arcaz, volviendo y revolviendo, contando y tornando a contar los panes. Yo disimulaba, y en mi secreta oración y devociones y plegarias decía: «¡San Juan y ciégale!».

Después que estuvo un gran rato echando la cuenta, por días y dedos contando, dijo:

—Si no tuviera a tan buen recaudo esta arca, yo dijera que me habían tomado de ella panes; pero de hoy más, solo por cerrar la puerta a la sospecha, quiero tener buena cuenta con ellos: nueve quedan y un pedazo.

«¡Nuevas malas te dé Dios!» —dije yo entre mí.

Parecióme con lo que dijo pasarme el corazón con saeta de montero y comenzóme el estómago a escarbar de hambre, viéndose puesto en la dieta pasada. Fue fuera de casa. Yo, por consolarme, abro el arca y, como vi el pan, comencélo de adorar, no osando recibillo. Contélos, si a dicha el lacerado se errara, y hallé su cuenta más verdadera que yo quisiera. Lo más que yo pude hacer fue dar en ellos mil besos, y, lo más delicado que yo pude, del partido partí un poco al pelo que él estaba, y con aquél pasé aquel día, no tan alegre como el pasado.

Mas, como la hambre creciese, mayormente que tenía el estómago hecho a más pan aquellos dos o tres días ya dichos, moría mala muerte; tanto, que otra cosa no hacía, en viéndome solo, sino abrir y cerrar el arca y contemplar en aquella cara de Dios, que así dicen los niños. Mas el mismo Dios, que socorre a los afligidos, viéndome en tal estrecho, trajo a mi memoria un pequeño remedio, que, considerando entre mí, dije: «Este arquetón es viejo y grande y roto por algunas partes, aunque pequeños agujeros. Puédese pensar que ratones, entrando en él, hacen daño a este pan. Sacarlo entero no es cosa conveniente, porque verá la falta el que en tanta me hace vivir. Esto bien se sufre».

Y comienzo a desmigajar el pan sobre unos no muy costosos manteles que allí estaban, y tomo uno y dejo otro, de manera que, en cada cual, de tres o cuatro desmigajé su poco. Después, como quien toma gragea, lo comí y algo me consolé. Mas él, como viniese a comer y abriese el arca, vio el mal pesar y sin duda creyó ser ratones los que el daño habían hecho, porque estaba muy al propio contrahecho de como ellos lo suelen hacer. Miró todo el arcaz de un cabo a otro y viole ciertos agujeros por do sospechaba habían entrado. Llamóme, diciendo:

—¡Lázaro, mira, mira, qué persecución ha venido aquesta noche por nuestro pan!

Yo híceme muy maravillado, preguntándole qué sería.

—¿Qué ha de ser? —dijo él—. Ratones, que no dejan cosa a vida.

Pusímosnos a comer, y quiso Dios que aun en esto me fue bien: que me cupo más pan que la lacería que me solía dar, porque rayó con un cuchillo todo lo que pensó ser ratonado, diciendo:

—Cómete eso, que el ratón cosa limpia es.

Y así, aquel día, añadiendo la ración del trabajo de mis manos, o de mis uñas por mejor decir, acabamos de comer, aunque yo nunca empezaba.

Y luego me vino otro sobresalto, que fue verle andar solícito quitando clavos de las paredes y buscando tablillas, con las cuales clavó y cerró todos los agujeros de la vieja arca.

«¡Oh Señor mío —dije yo entonces—, a cuánta miseria y fortuna y desastres estamos puestos los nacidos, y cuán poco duran los placeres de esta nuestra trabajosa vida! Heme aquí, que pensaba con este pobre y triste remedio remediar y pasar mi lacería, y estaba ya cuanto que alegre y de buena ventura. Mas no quiso mi desdicha, despertando a este lacerado de mi amo y poniéndole más diligencia de la que él de suyo se tenía (pues los míseros por la mayor parte nunca de aquélla carecen), ahora, cerrando los agujeros del arca, cerrase la puerta a mi consuelo y la abriese a mis trabajos.»

Así lamentaba yo, en tanto que mi solícito carpintero, con muchos clavos y tablillas, dio fin a sus obras, diciendo:

—Ahora, donos traidores ratones, conviéneos mudar propósito, que en esta casa mala medra tenéis.

De que salió de su casa, voy a ver la obra, y hallé que no dejó en la triste y vieja arca agujero ni aun por donde le pudiese entrar un mosquito. Abro con mi desaprovechada llave, sin esperanza de sacar provecho, y vi los dos o tres panes comenzados, los que mi amo creyó ser ratonados, y de ellos todavía saqué alguna lacería, tocándolos muy ligeramente, a uso de esgrimidor diestro. Como la necesidad sea tan gran maestra, viéndome con tanta siempre, noche y día estaba pensando la manera que tendría en sustentar el vivir. Y pienso, para hallar estos negros remedios, que me era luz la hambre, pues dicen que el ingenio con ella se avisa, y al contrario con la hartura, y así era por cierto en mí.

Pues estando una noche desvelado en este pensamiento, pensando cómo me podría valer y aprovecharme del arcaz, sentí que mi amo dormía, porque lo mostraba con roncar y en unos resoplidos grandes que daba cuando estaba durmiendo. Levantéme muy quedito, y, habiendo en el día pensado lo que había de hacer y dejado un cuchillo viejo que por allí andaba en parte do le hallase, voyme al triste arcaz, y, por do había mirado tener menos defensa, le acometí con el cuchillo, que a manera de barreno de él usé. Y como la antiquísima arca, por ser de tantos años, la hallase sin fuerza y corazón, antes muy blanda y carcomida, luego se me rindió y consintió en su costado, por mi remedio, un buen agujero. Esto hecho, abro muy paso la llagada arca, y, al tiento, del pan que hallé partido, hice según de yuso está escrito. Y con aquello algún tanto consolado, tornando a cerrar, me volví a mis pajas, en las cuales reposé y dormí un poco, lo cual yo hacía mal, y echábalo al no comer. Y así sería, porque cierto, en aquel tiempo, no me debían de quitar el sueño los cuidados del rey de Francia.

Otro día fue por el señor mi amo visto el daño, así del pan como del agujero que yo había hecho, y comenzó a dar a los diablos los ratones y decir:

—¿Qué diremos a esto? ¡Nunca haber sentido ratones en esta casa, sino ahora!

Y sin duda debía de decir verdad, porque, si casa había de haber en el reino justamente de ellos privilegiada, aquélla de razón había de ser, porque no suelen morar donde no hay qué comer. Torna a buscar clavos por la casa y por las paredes, y tablillas a atapárselos. Venida la noche y su reposo, luego yo era puesto en pie con mi aparejo y, cuantos él tapaba de día, destapaba yo de noche.

En tal manera fue y tal prisa nos dimos, que sin duda por esto se debió decir: «donde una puerta se cierra, otra se abre». Finalmente, parecíamos tener a destajo la tela de Penélope, pues, cuanto él tejía de día rompía yo de noche. Ca en pocos días y noches pusimos la pobre despensa de tal forma que, quien quisiera propiamente de ella hablar, más corazas viejas de otro tiempo, que no arcaz, la llamara, según la clavazón y tachuelas sobre sí tenía.

De que vio no aprovecharle nada su remedio, dijo:

—Este arcaz está tan maltratado y es de madera tan vieja y flaca, que no habrá ratón a quien se defienda. Y va ya tal que, si andamos más con él, nos dejará sin guarda. Y aun lo peor, que, aunque hace poca, todavía hará falta faltando, y me pondrá en costa de 3 o 4 reales. El mejor remedio que hallo, pues el de hasta aquí no aprovecha: armaré por de dentro a estos ratones malditos.

Luego buscó prestada una ratonera, y con cortezas de queso que a los vecinos pedía, contino el gato estaba armado dentro del arca. Lo cual era para mí singular auxilio, porque, puesto caso que yo no había menester muchas salsas para comer, todavía me holgaba con las cortezas del queso que de la ratonera sacaba, y sin esto no perdonaba el ratonar del bodigo.

Como hallase el pan ratonado y el queso comido y no cayese el ratón que lo comía, dábase al diablo, preguntaba a los vecinos qué podría ser comer el queso y sacarlo de la ratonera y no caer ni quedar dentro el ratón, y hallar caída la trampilla del gato.

Acordaron los vecinos no ser el ratón el que este daño hacía, porque no fuera menos de haber caído alguna vez. Díjole un vecino:

—En vuestra casa yo me acuerdo que solía andar una culebra, y ésta debe de ser sin duda. Y lleva razón, que como es larga, tiene lugar de tomar el cebo, y, aunque la coja la trampilla encima, como no entre toda dentro, tórnase a salir.

Cuadró a todos lo que aquél dijo y alteró mucho a mi amo, y dende en adelante no dormía tan a sueño suelto, que cualquier gusano de la madera que de noche sonase, pensaba ser la culebra que le roía el arca. Luego era puesto en pie, y con un garrote que a la cabecera, desde que aquello le dijeron, ponía, daba en la pecadora del arca grandes garrotazos, pensando espantar la culebra. A los vecinos despertaba con el estruendo que hacía, y a mí no me dejaba dormir. Íbase a mis pajas y trastornábalas, y a mí con ellas, pensando que se iba para mí y se envolvía en mis pajas o en mi sayo; porque le decían que de noche acaecía a estos animales, buscando calor, irse a las cunas donde están criaturas, y aún mordellas y hacerles peligrar.

Yo las más veces hacía del dormido, y en la mañana, decíame él:

—¿Esta noche, mozo, no sentiste nada? Pues tras la culebra anduve, y aun pienso se ha de ir para ti a la cama, que son muy frías y buscan calor.

—¡Plega a Dios que no me muerda —decía yo—, que harto miedo le tengo!

De esta manera andaba tan elevado y levantado del sueño, que, mi fe, la culebra (o culebro por mejor decir) no osaba roer de noche ni levantarse al arca; mas de día, mientras estaba en la iglesia o por el lugar, hacía mis saltos. Los cuales daños viendo él, y el poco remedio que les podía poner, andaba de noche, como digo, hecho trasgo.

Yo hube miedo que con aquellas diligencias no me topase con la llave, que debajo de las pajas tenía, y parecióme lo más seguro metella de noche en la boca, porque ya, desde que viví con el ciego, la tenía tan hecha bolsa que me acaeció tener en ella 12 o 15 maravedís, todo en medias blancas, sin que me estorbase el comer, porque de otra manera no era señor de una blanca que el maldito ciego no cayese con ella, no dejando costura ni remiendo que no me buscaba muy a menudo.

Pues, así como digo, metía cada noche la llave en la boca y dormía sin recelo que el brujo de mi amo cayese con ella; mas cuando la desdicha ha de venir, por demás es diligencia. Quisieron mis hados, o por mejor decir mis pecados, que, una noche que estaba durmiendo, la llave se me puso en la boca, que abierta debía tener, de tal manera y postura que el aire y resoplo, que yo durmiendo echaba, salía por lo hueco de la llave, que de cañuto era, y silbaba, según mi desastre quiso, muy recio, de tal manera que el sobresaltado de mi amo lo oyó, y creyó sin duda ser el silbo de la culebra, y cierto lo debía parecer.

Levantóse muy paso con su garrote en la mano, y, al tiento y sonido de la culebra, se llegó a mí con mucha quietud, por no ser sentido de la culebra. Y, como cerca se vio, pensó que allí en las pajas, do yo estaba echado, al calor mío se había venido. Levantando bien el palo, pensando tenerla debajo y darle tal garrotazo que la matase, con toda su fuerza me descargó en la cabeza un tan gran golpe que sin ningún sentido y muy mal descalabrado me dejó.

Como sintió que me había dado, según yo debía hacer gran sentimiento con el fiero golpe, contaba él que se había llegado a mí y, dándome grandes voces, llamándome, procuró recordarme. Mas, como me tocase con las manos, tentó la mucha sangre que se me iba, y conoció el daño que me había hecho. Y con mucha prisa fue a buscar lumbre y, llegando con ella, hallóme quejando, todavía con mi llave en la boca, que nunca la desamparé, la mitad fuera, bien de aquella manera que debía estar al tiempo que silbaba con ella.

Espantado el matador de culebras qué podría ser aquella llave, miróla sacándomela del todo de la boca, y vio lo que era, porque en las guardas nada de la suya diferenciaba. Fue luego a proballa, y con ella probó el maleficio. Debió de decir el cruel cazador: «El ratón y culebra que me daban guerra y me comían mi hacienda he hallado».

De lo que sucedió en aquellos tres días siguientes ninguna fe daré, porque los tuve en el vientre de la ballena, mas, de cómo esto que he contado oí, después que en mí torné, decir a mi amo, el cual a cuantos allí venían lo contaba por extenso.

A cabo de tres días yo torné en mi sentido, y vime echado en mis pajas, la cabeza toda emplastada y llena de aceites y ungüentos, y, espantado, dije:

—¿Qué es esto?

Respondióme el cruel sacerdote:

—A fe que los ratones y culebras que me destruían ya los he cazado.

Y miré por mí, y vime tan maltratado que luego sospeché mi mal.

A esta hora entró una vieja que ensalmaba, y los vecinos. Y comiénzanme a quitar trapos de la cabeza y curar el garrotazo. Y, como me hallaron vuelto en mi sentido, holgáronse mucho y dijeron:

—Pues ha tornado en su acuerdo, placerá a Dios no será nada.

Ahí tornaron de nuevo a contar mis cuitas y a reírlas, y yo, pecador, a llorarlas. Con todo esto, diéronme de comer, que estaba transido de hambre, y apenas me pudieron demediar. Y así, de poco en poco, a los quince días me levanté y estuve sin peligro (mas no sin hambre) y medio sano.

Luego otro día que fui levantado, el señor mi amo me tomó por la mano y sacóme la puerta fuera y, puesto en la calle, díjome:

—Lázaro, de hoy más eres tuyo y no mío. Busca amo y vete con Dios, que yo no quiero en mi compañía tan diligente servidor. No es posible sino que hayas sido mozo de ciego.

Y santiguándose de mí, como si yo estuviera endemoniado, tórnase a meter en casa y cierra su puerta.

Tratado tercero. Cómo Lázaro se asentó con un escudero y de lo que le acaeció con él

De esta manera me fue forzado sacar fuerzas de flaqueza, y poco a poco, con ayuda de las buenas gentes, di conmigo en esta insigne ciudad de Toledo, adonde, con la merced de Dios, dende a quince días se me cerró la herida. Y, mientras estaba malo, siempre me daban alguna limosna; mas, después que estuve sano, todos me decían:

—Tú, bellaco y gallofero eres. Busca, busca un buen amo a quien sirvas.

«¿Y adónde se hallará ése —decía yo entre mí—, si Dios ahora de nuevo, como crió el mundo, no le criase?»

Andando así discurriendo de puerta en puerta, con harto poco remedio, porque ya la caridad se subió al cielo, topóme Dios con un escudero que iba por la calle, con razonable vestido, bien peinado, su paso y compás en orden. Miróme, y yo a él, y díjome:

—Muchacho, ¿buscas amo?

Yo le dije:

—Sí, señor.

—Pues vente tras mí —me respondió—, que Dios te ha hecho merced en topar conmigo; alguna buena oración rezaste hoy.

Y seguíle, dando gracias a Dios por lo que le oí, y también que me parecía, según su hábito y continente, ser el que yo había menester.

Era de mañana cuando éste mi tercero amo topé, y llevóme tras sí gran parte de la ciudad. Pasábamos por las plazas do se vendía pan y otras provisiones. Yo pensaba, y aun deseaba, que allí me quería cargar de lo que se vendía, porque ésta era propia hora cuando se suele proveer de lo necesario, mas muy a tendido paso pasaba por estas cosas.

«Por ventura no lo ve aquí a su contento —decía yo—, y querrá que lo compremos en otro cabo.»

De esta manera anduvimos hasta que dio las once. Entonces se entró en la iglesia mayor, y yo tras él, y muy devotamente le vi oír misa y los otros oficios divinos, hasta que todo fue acabado y la gente ida. Entonces salimos de la iglesia. A buen paso tendido comenzamos a ir por una calle abajo. Yo iba el más alegre del mundo en ver que no nos habíamos ocupado en buscar de comer. Bien consideré que debía ser hombre, mi nuevo amo, que se proveía en junto, y que ya la comida estaría a punto y tal como yo la deseaba y aun la había menester.

En este tiempo dio el reloj la una después de mediodía, y llegamos a una casa, ante la cual mi amo se paró, y yo con él, y, derribando el cabo de la capa sobre el lado izquierdo, sacó una llave de la manga y abrió su puerta y entramos en casa, la cual tenía la entrada oscura y lóbrega, de tal manera que parece que ponía temor a los que en ella entraban, aunque dentro de ella estaba un patio pequeño y razonables cámaras.

Desque fuimos entrados, quita de sobre sí su capa y, preguntando si tenía las manos limpias, la sacudimos y doblamos y, muy limpiamente soplando un poyo que allí estaba, la puso en él. Y hecho esto, sentóse cabo de ella, preguntándome muy por extenso de dónde era y cómo había venido a aquella ciudad. Y yo le di más larga cuenta que quisiera, porque me parecía más conveniente hora de mandar poner la mesa y escudillar la olla que de lo que me pedía. Con todo eso, yo le satisfice de mi persona lo mejor que mentir supe, diciendo mis bienes y callando lo demás, porque me parecía no ser para en cámara. Esto hecho, estuvo así un poco, y yo luego vi mala señal por ser ya casi las dos y no verle más aliento de comer que a un muerto. Después de esto, consideraba aquel tener cerrada la puerta con llave ni sentir arriba ni abajo pasos de viva persona por la casa. Todo lo que yo había visto eran paredes, sin ver en ella silleta, ni tajo, ni banco, ni mesa, ni aun tal arcaz como el de marras. Finalmente, ella parecía casa encantada. Estando así, díjome:

—Tú, mozo, ¿has comido?

—No, señor —dije yo—, que aún no eran dadas las ocho cuando con vuestra merced encontré.

—Pues, aunque de mañana, yo había almorzado, y, cuando así como algo, hágote saber que hasta la noche me estoy así. Por eso, pásate como pudieres, que después cenaremos.

Vuestra merced crea, cuando esto le oí, que estuve en poco de caer de mi estado, no tanto de hambre como por conocer de todo en todo la fortuna serme adversa. Allí se me representaron de nuevo mis fatigas y torné a llorar mis trabajos; allí se me vino a la memoria la consideración que hacía cuando me pensaba ir del clérigo, diciendo que, aunque aquel era desventurado y mísero, por ventura toparía con otro peor. Finalmente, allí lloré mi trabajosa vida pasada y mi cercana muerte venidera. Y con todo disimulando lo mejor que pude, le dije:

—Señor, mozo soy que no me fatigo mucho por comer, bendito Dios. De eso me podré yo alabar entre todos mis iguales por de mejor garganta, y así fui yo loado de ella hasta hoy día de los amos que yo he tenido.

—Virtud es ésa —dijo él—, y por eso te querré yo más, porque el hartar es de los puercos y el comer regladamente es de los hombres de bien.

«¡Bien te he entendido! —dije yo entre mí—. ¡Maldita tanta medicina y bondad como aquestos mis amos que yo hallo hallan en la hambre!»

Púseme a un cabo del portal y saqué unos pedazos de pan del seno, que me habían quedado de los de por Dios. Él, que vio esto, díjome:

—Ven acá, mozo. ¿Qué comes?

Yo lleguéme a él y mostréle el pan. Tomóme él un pedazo, de tres que eran, el mejor y más grande, y díjome:

—Por mi vida, que parece éste buen pan.

—¡Y cómo ahora —dije yo—, señor, es bueno!

—Sí, a fe —dijo él—. ¿Adónde lo hubiste? ¿Si es amasado de manos limpias?

—No sé yo eso —le dije—; mas a mí no me pone asco el sabor de ello.

—Así plega a Dios —dijo el pobre de mi amo.

Y, llevándolo a la boca, comenzó a dar en él tan fieros bocados como yo en lo otro.

—¡Sabrosísimo pan está —dijo—, por Dios!

Y como le sentí de qué pie cojeaba, dime prisa, porque le vi en disposición, si acababa antes que yo, se comediría a ayudarme a lo que me quedase. Y con esto acabamos casi a una. Y mi amo comenzó a sacudir con las manos unas pocas de migajas, y bien menudas, que en los pechos se le habían quedado. Y entró en una camareta que allí estaba, y sacó un jarro desbocado y no muy nuevo, y, desque hubo bebido, convidóme con él. Yo, por hacer del continente, dije:

—Señor, no bebo vino.

—Agua es —me respondió—. Bien puedes beber.

Entonces tomé el jarro y bebí, no mucho, porque de sed no era mi congoja.

Así estuvimos hasta la noche, hablando en cosas que me preguntaba, a las cuales yo le respondí lo mejor que supe. En este tiempo metióme en la cámara donde estaba el jarro de que bebimos, y díjome:

—Mozo, párate allí, y verás cómo hacemos esta cama, para que la sepas hacer de aquí adelante.

Púseme de un cabo y él de otro, e hicimos la negra cama, en la cual no había mucho que hacer, porque ella tenía sobre unos bancos un cañizo, sobre el cual estaba tendida la ropa, que, por no estar muy continuada a lavarse, no parecía colchón, aunque servía de él, con harta menos lana que era menester. Aquél tendimos, haciendo cuenta de ablandalle, lo cual era imposible, porque de lo duro mal se puede hacer blando. El diablo del enjalma maldita la cosa tenía dentro de sí, que, puesto sobre el cañizo, todas las cañas se señalaban y parecían a lo proprio entrecuesto de flaquísimo puerco. Y sobre aquel hambriento colchón, un alfamar del mismo jaez, del cual el color yo no pude alcanzar.

Hecha la cama, y la noche venida, díjome:

—Lázaro, ya es tarde, y de aquí a la plaza hay gran trecho. También en esta ciudad andan muchos ladrones, que, siendo de noche, capean. Pasemos como podamos, y mañana, venido el día, Dios hará merced; porque yo, por estar solo, no estoy proveído, antes he comido estos días por allá fuera. Mas ahora hacerlo hemos de otra manera.

—Señor, de mí —dije yo— ninguna pena tenga vuestra merced, que bien sé pasar una noche y aún más, si es menester, sin comer.

—Vivirás más y más sano —me respondió—, porque, como decíamos hoy, no hay tal cosa en el mundo para vivir mucho que comer poco.

«Si por esa vía es —dije entre mí—, nunca yo moriré, que siempre he guardado esa regla por fuerza, y aún espero, en mi desdicha, tenella toda mi vida.»

Y acostóse en la cama, poniendo por cabecera las calzas y el jubón, y mandóme echar a sus pies, lo cual yo hice; mas, maldito el sueño que yo dormí, porque las cañas y mis salidos huesos en toda la noche dejaron de rifar y encenderse; que con mis trabajos, males y hambre, pienso que en mi cuerpo no había libra de carne, y también, como aquel día no había comido casi nada, rabiaba de hambre, la cual con el sueño no tenía amistad. Maldíjeme mil veces (Dios me lo perdone), y a mi ruin fortuna, allí lo más de la noche, y lo peor, no osándome revolver por no despertalle, pedí a Dios muchas veces la muerte.

La mañana venida, levantámonos, y comienza a limpiar y sacudir sus calzas y jubón y sayo y capa. ¡Y yo que le servía de pelillo! Y vísteseme muy a su placer de espacio. Echéle aguamanos, peinóse y púsose su espada en el talabarte, y, al tiempo que la ponía, díjome:

—¡Oh, si supieses, mozo, qué pieza es ésta! No hay marco de oro en el mundo por que yo la diese; mas así, ninguna de cuantas Antonio hizo no acertó a ponelle los aceros tan prestos como ésta los tiene.

Y sacóla de la vaina y tentóla con los dedos, diciendo:

—¿La ves aquí? Yo me obligo con ella cercenar un copo de lana.

Y yo dije entre mí: «Y yo con mis dientes, aunque no son de acero, un pan de cuatro libras».

Tornóla a meter y ciñósela, y un sartal de cuentas gruesas del talabarte. Y con un paso sosegado y el cuerpo derecho, haciendo con él y con la cabeza muy gentiles meneos, echando el cabo de la capa sobre el hombro y a veces so el brazo, y poniendo la mano derecha en el costado, salió por la puerta, diciendo:

—Lázaro, mira por la casa en tanto que voy a oír misa, y haz la cama y ve por la vasija de agua al río, que aquí bajo está, y cierra la puerta con llave, no nos hurten algo, y ponla aquí al quicio porque, si yo viniere en tanto, pueda entrar.

Y súbese por la calle arriba con tan gentil semblante y continente, que quien no le conociera pensara ser muy cercano pariente al conde de Arcos, o, al menos, camarero que le daba de vestir.

«¡Bendito seáis Vos, Señor —quedé yo diciendo— que daís la enfermedad y ponéis el remedio! ¿Quién encontrará a aquel mi señor que no piense, según el contento de sí lleva, haber anoche bien cenado y dormido en buena cama, y, aunque ahora es de mañana, no le cuenten por muy bien almorzado? ¡Grandes secretos son, Señor, los que vos hacéis y las gentes ignoran! ¿A quién no engañará aquella buena disposición y razonable capa y sayo? ¿Y quién pensará que aquel gentil hombre se pasó ayer todo el día sin comer con aquel mendrugo de pan que su criado Lázaro trajo un día y una noche en el arca de su seno, do no se le podía pegar mucha limpieza, y hoy, lavándose las manos y cara, a falta de paño de manos, se hacía servir de la halda del sayo? Nadie por cierto lo sospechará. ¡Oh Señor, y cuántos de aquéstos debéis Vos tener por el mundo derramados, que padecen por la negra que llaman honra, lo que por Vos no sufrirán!»

Así estaba yo a la puerta, mirando y considerando estas cosas y otras muchas, hasta que el señor mi amo traspuso la larga y angosta calle. Y, como lo vi trasponer, tornéme a entrar en casa y en un credo la anduve toda, alto y bajo, sin hacer represa, ni hallar en qué. Hago la negra dura cama y tomo el jarro y doy conmigo en el río, donde en una huerta vi a mi amo en gran recuesta con dos rebozadas mujeres, al parecer de las que en aquel lugar no hacen falta, antes muchas tienen por estilo de irse a las mañanicas del verano a refrescar y almorzar sin llevar qué, por aquellas frescas riberas, con confianza que no ha de faltar quién se lo dé, según las tienen puestas en esta costumbre aquellos hidalgos del lugar.

Y como digo, él estaba entre ellas hecho un Macías, diciéndoles más dulzuras que Ovidio escribió. Pero, como sintieron de él que estaba bien enternecido, no se les hizo de vergüenza pedirle de almorzar con el acostumbrado pago.

Él, sintiéndose tan frío de bolsa cuanto caliente del estómago, tomóle tal calofrío que le robó la color del gesto, y comenzó a turbarse en la plática y a poner excusas no válidas. Ellas, que debían ser bien instituidas, como le sintieron la enfermedad, dejáronle para el que era.

Yo, que estaba comiendo ciertos tronchos de berzas, con los cuales me desayuné, con mucha diligencia, como mozo nuevo, sin ser visto de mi amo, torné a casa. De la cual pensé barrer alguna parte, que era bien menester; mas no hallé con qué. Púseme a pensar qué haría, y parecióme esperar a mi amo hasta que el día demediase, y si viniese y por ventura trajese algo que comiésemos; mas en vano fue mi experiencia.

Desque vi ser las dos y no venía y la hambre me aquejaba, cierro mi puerta y pongo la llave do mandó, y tórnome a mi menester. Con baja y enferma voz y inclinadas mis manos en los senos, puesto Dios ante mis ojos y la lengua en su nombre, comienzo a pedir pan por las puertas y casas más grandes que me parecía. Mas como yo este oficio le hubiese mamado en la leche (quiero decir que con el gran maestro, el ciego, lo aprendí), tan suficiente discípulo salí, que, aunque en este pueblo no había caridad, ni el año fuese muy abundante, tan buena maña me di, que, antes que el reloj diese las cuatro, ya yo tenía otras tantas libras de pan ensiladas en el cuerpo, y más de otras dos en las mangas y senos. Volvíme a la posada y, al pasar por la tripería, pedí a una de aquellas mujeres, y diome un pedazo de uña de vaca con otras pocas de tripas cocidas.

Cuando llegué a casa, ya el bueno de mi amo estaba en ella, doblada su capa y puesta en el poyo, y él paseándose por el patio. Como entré, vínose para mí. Pensé que me quería reñir por la tardanza; mas mejor lo hizo Dios. Preguntóme dó venía. Yo le dije:

—Señor, hasta que dio las dos estuve aquí, y de que vi que vuestra merced no venía, fuime por esa ciudad a encomendarme a las buenas gentes, y hanme dado esto que veis.

Mostréle el pan y las tripas, que en un cabo de la halda traía, a lo cual él mostró buen semblante, y dijo:

—Pues, esperado te he a comer, y, de que vi que no viniste, comí. Mas tú haces como hombre de bien en eso, que más vale pedillo por Dios que no hurtallo. Y así Él me ayude, como ello me parece bien, y solamente te encomiendo no sepan que vives conmigo por lo que toca a mi honra; aunque bien creo que será secreto, según lo poco que en este pueblo soy conocido. ¡Nunca a él yo hubiera de venir!

—De eso pierda, señor, cuidado —le dije yo—, que maldito aquel que ninguno tiene de pedirme esa cuenta ni yo de dalla.

—Ahora, pues, come, pecador, que, si a Dios place, presto nos veremos sin necesidad; aunque te digo que, después que en esta casa entré, nunca bien me ha ido. Debe ser de mal suelo, que hay casas desdichadas y de mal pie, que a los que viven en ellas pegan la desdicha. Ésta debe de ser, sin duda, de ellas; mas yo te prometo, acabado el mes, no quede en ella, aunque me la den por mía.

Sentéme al cabo del poyo y, porque no me tuviese por glotón, callé la merienda. Y comienzo a cenar y morder en mis tripas y pan, y, disimuladamente, miraba al desventurado señor mío, que no partía sus ojos de mis faldas, que aquella sazón servían de plato. Tanta lástima haya Dios de mí, como yo había de él, porque sentí lo que sentía, y muchas veces había por ello pasado y pasaba cada día. Pensaba si sería bien comedirme a convidalle; mas, por haberme dicho que había comido, temíame no aceptaría el convite. Finalmente yo deseaba que el pecador ayudase a su trabajo del mío, y se desayunase como el día antes hizo, pues había mejor aparejo, por ser mejor la vianda y menos mi hambre.

Quiso Dios cumplir mi deseo, y aun pienso que el suyo; porque como comencé a comer y él se andaba paseando, llegóse a mí y díjome:

—Dígote, Lázaro, que tienes en comer la mejor gracia que en mi vida vi a hombre, y que nadie te lo verá hacer que no le pongas gana, aunque no la tenga.

«La muy buena que tú tienes —dije yo entre mí— te hace parecer la mía hermosa.»

Con todo, parecióme ayudarle, pues se ayudaba y me abría camino para ello, y díjele:

—Señor, el buen aparejo hace buen artífice. Este pan está sabrosísimo, y esta uña de vaca tan bien cocida y sazonada que no habrá a quien no convide con su sabor.

—¿Uña de vaca es?

—Sí, señor.

—Dígote que es el mejor bocado del mundo, y que no hay faisán que así me sepa.

—Pues pruebe, señor, y verá qué tal está.

Póngole en las uñas la otra, y tres o cuatro raciones de pan de lo más blanco. Y asentóseme al lado y comienza a comer como aquél que lo había gana, royendo cada huesecillo de aquéllos mejor que un galgo suyo lo hiciera.

—Con almodrote —decía— es éste singular manjar.

«¡Con mejor salsa lo comes tú!» —respondí yo paso.

—Por Dios, que me ha sabido como si hoy no hubiera comido bocado.

«¡Así me vengan los buenos años como es ello!» —dije yo entre mí.

Pidióme el jarro del agua y díselo como lo había traído. Es señal que, pues no le faltaba el agua, que no le había a mi amo sobrado la comida. Bebimos, y muy contentos nos fuimos a dormir, como la noche pasada.

Y por evitar prolijidad, de esta manera estuvimos ocho o diez días, yéndose el pecador en la mañana con aquel contento y paso contado a papar aire por las calles, teniendo en el pobre Lázaro una cabeza de lobo.

Contemplaba yo muchas veces mi desastre, que, escapando de los amos ruines que había tenido y buscando mejoría, viniese a topar con quien no solo no me mantuviese, mas a quien yo había de mantener. Con todo, le quería bien, con ver que no tenía ni podía más, y antes le había lástima que enemistad. Y muchas veces, por llevar a la posada con que él lo pasase, yo lo pasaba mal. Porque una mañana, levantándose el triste en camisa, subió a lo alto de la casa a hacer sus menesteres y, en tanto yo, por salir de sospecha, desenvolvíle el jubón y las calzas, que a la cabecera dejó, y hallé una bolsilla de terciopelo raso, hecha cien dobleces y sin maldita la blanca ni señal que la hubiese tenido mucho tiempo.

«Éste —decía yo— es pobre, y nadie da lo que no tiene; mas el avariento ciego y el malaventurado mezquino clérigo, que, con dárselo Dios a ambos, al uno de mano besada y al otro de lengua suelta, me mataban de hambre, aquéllos es justo desamar y aquéste es de haber mancilla.»

Dios es testigo que hoy día, cuando topo con alguno de su hábito con aquel paso y pompa, le he lástima con pensar si padece lo que aquél le vi sufrir; al cual, con toda su pobreza, holgaría de servir más que a los otros, por lo que he dicho. Solo tenía de él un poco de descontento: que quisiera yo que no tuviera tanta presunción; mas que abajara un poco su fantasía con lo mucho que subía su necesidad. Mas, según me parece, es regla ya entre ellos usada y guardada: aunque no haya cornado de trueco ha de andar el birrete en su lugar. El Señor lo remedie, que ya con este mal han de morir.

Pues, estando yo en tal estado, pasando la vida que digo, quiso mi mala fortuna, que de perseguirme no era satisfecha, que en aquella trabajada y vergonzosa vivienda no durase. Y fue, como el año en esta tierra fuese estéril de pan, acordaron el Ayuntamiento que todos los pobres extranjeros se fuesen de la ciudad, con pregón que el que de allí adelante topasen fuese punido con azotes. Y así, ejecutando la ley, desde a cuatro días que el pregón se dio, vi llevar una procesión de pobres azotando por las Cuatro Calles. Lo cual me puso tan gran espanto que nunca osé desmandarme a demandar.

Aquí viera, quien vello pudiera, la abstinencia de mi casa y la tristeza y silencio de los moradores, tanto que nos acaeció estar dos o tres días sin comer bocado ni hablar palabra. A mí diéronme la vida unas mujercillas hilanderas de algodón, que hacían bonetes y vivían par de nosotros, con las cuales yo tuve vecindad y conocimiento. Que, de la lacería que les traían, me daban alguna cosilla, con la cual muy pasado me pasaba.

Y no tenía tanta lástima de mí como del lastimado de mi amo, que en ocho días maldito el bocado que comió. A lo menos en casa bien los estuvimos sin comer. No sé yo cómo o dónde andaba y qué comía. ¡Y velle venir a mediodía la calle abajo con estirado cuerpo, más largo que galgo de buena casta! Y por lo que toca a su negra que dicen honra, tomaba una paja, de las que aun asaz no había en casa, y salía a la puerta escarbando los que nada entre sí tenían, quejándose todavía de aquel mal solar, diciendo:

—Malo está de ver, que la desdicha de esta vivienda lo hace. Como ves, es lóbrega, triste, oscura. Mientras aquí estuviéremos, hemos de padecer. Ya deseo se acabe este mes por salir de ella.

Pues estando en esta afligida y hambrienta persecución, un día, no sé por cuál dicha o ventura, en el pobre poder de mi amo entró un real, con el cual él vino a casa tan ufano como si tuviera el tesoro de Venecia, y con gesto muy alegre y risueño me lo dio, diciendo:

—Toma, Lázaro, que Dios ya va abriendo su mano. Ve a la plaza y merca pan y vino y carne: ¡quebremos el ojo al diablo! Y más te hago saber, porque te huelgues: que he alquilado otra casa y en ésta desastrada no hemos de estar más de en cumpliendo el mes. ¡Maldita sea ella y el que en ella puso la primera teja, que con mal en ella entré! Por nuestro Señor, cuanto ha que en ella vivo, gota de vino ni bocado de carne no he comido, ni he habido descanso ninguno; mas ¡tal vista tiene y tal oscuridad y tristeza! Ve y ven presto y comamos hoy como condes.

Tomo mi real y jarro y, a los pies dándoles prisa, comienzo a subir mi calle encaminando mis pasos para la plaza, muy contento y alegre. Mas, ¿qué me aprovecha, si está constituido en mi triste fortuna que ningún gozo me venga sin zozobra? Y así fue éste, porque, yendo la calle arriba, echando mi cuenta en lo que le emplearía que fuese mejor y más provechosamente gastado, dando infinitas gracias a Dios que a mi amo había hecho con dinero, a deshora me vino al encuentro un muerto, que por la calle abajo muchos clérigos y gente que en unas andas traían. Arriméme a la pared por darles lugar, y, desque el cuerpo pasó, venía luego a par del lecho una que debía ser su mujer del difunto, cargada de luto, y con ella otras muchas mujeres; la cual iba llorando a grandes voces y diciendo:

—Marido y señor mío, ¿adónde os me llevan? ¡A la casa triste y desdichada, a la casa lóbrega y oscura, a la casa donde nunca comen ni beben!

Yo, que aquello oí, juntóseme el cielo con la tierra, y dije:

«¡Oh desdichado de mí, para mi casa llevan este muerto!»

Dejo el camino que llevaba, y hendí por medio de la gente, y vuelvo por la calle abajo a todo el más correr que pude para mi casa. Y entrando en ella, cierro a grande priesa, invocando el auxilio y favor de mi amo, abrazándome de él, que me venga a ayudar y a defender la entrada. El cual, algo alterado, pensando que fuese otra cosa, me dijo:

—¿Qué es eso, mozo? ¿Qué voces das? ¿Qué has? ¿Por qué cierras la puerta con tal furia?

—¡Oh señor —dije yo—, acuda aquí, que nos traen acá un muerto!

—¿Cómo así? —respondió él.

—Aquí arriba lo encontré y venía diciendo su mujer: «Marido y señor mío, ¿adónde os llevan? ¡A la casa lóbrega y oscura, a la casa triste y desdichada, a la casa donde nunca comen ni beben!». Acá, señor, nos le traen.

Y ciertamente, cuando mi amo esto oyó, aunque no tenía por qué estar muy risueño, rió tanto que muy gran rato estuvo sin poder hablar. En este tiempo tenía ya yo echada el aldaba a la puerta y puesto el hombro en ella por más defensa. Pasó la gente con su muerto, y yo todavía me recelaba que nos le habían de meter en casa. Y, desque fue ya más harto de reír que de comer, el bueno de mi amo, díjome:

—Verdad es, Lázaro, según la viuda lo va diciendo, tú tuviste razón de pensar lo que pensaste; mas, pues Dios lo ha hecho mejor y pasan adelante, abre, abre y ve por de comer.

—Déjalos, señor, acaben de pasar la calle —dije yo.

Al fin vino mi amo a la puerta de la calle, y ábrela esforzándome, que bien era menester, según el miedo y alteración, y me torno a encaminar. Mas, aunque comimos bien aquel día, maldito el gusto yo tomaba en ello. Ni en aquellos tres días torné en mi color. Y mi amo, muy risueño todas las veces que se le acordaba aquella mi consideración.

De esta manera estuve con mi tercero y pobre amo, que fue este escudero, algunos días, y en todos deseando saber la intención de su venida y estada en esta tierra; porque, desde el primer día que con él asenté, le conocí ser extranjero, por el poco conocimiento y trato que con los naturales de ella tenía.

Al fin se cumplió mi deseo y supe lo que deseaba; porque, un día que habíamos comido razonablemente y estaba algo contento, contóme su hacienda y díjome ser de Castilla la Vieja, y que había dejado su tierra no más de por no quitar el bonete a un caballero, su vecino.

—Señor —dije yo—, si él era lo que decía y tenía más que vos, ¿no errábades en no quitárselo primero, pues decís que él también os lo quitaba?

—Sí es y sí tiene, y también me lo quitaba él a mí; mas, de cuantas veces yo se le quitaba primero, no fuera malo comedirse él alguna y ganarme por la mano.

—Paréceme, señor —le dije yo—, que en eso no mirara, mayormente con mis mayores que yo y que tienen más.

—Eres muchacho —me respondió— y no sientes las cosas de honra, en que el día de hoy está todo el caudal de los hombres de bien. Pues te hago saber que yo soy, como ves, un escudero; mas ¡vótote a Dios!, si al Conde topo en la calle y no me quita muy bien quitado del todo el bonete, que otra vez que venga, me sepa yo entrar en una casa, fingiendo yo en ella algún negocio, o atravesar otra calle, si la hay, antes que llegue a mí, por no quitárselo. Que un hidalgo no debe a otro que a Dios y al rey nada, ni es justo, siendo hombre de bien, se descuide un punto de tener en mucho su persona. Acuérdome que un día deshonré en mi tierra a un oficial y quise poner en él las manos, porque cada vez que le topaba, me decía: «Mantenga Dios a vuestra merced».

«Vos, don villano ruin —le dije yo—, ¿por qué no sois bien criado? ¿Manténgaos Dios, me habéis de decir, como si fuese quienquiera?»

De allí adelante, de aquí acullá, me quitaba el bonete y hablaba como debía.

¿Y no es buena manera de saludar un hombre a otro —dije yo— decirle que le mantenga Dios?

—¡Mira, mucho de enhoramala! —dijo él—. A los hombres de poca arte dicen eso; mas a los más altos, como yo, no les han de hablar menos de: «Beso las manos de vuestra merced», o por lo menos: «Bésoos, señor, las manos», si el que me habla es caballero. Y así, de aquél de mi tierra que me atestaba de mantenimiento, nunca más le quise sufrir, ni sufriría ni sufriré a hombre del mundo, del rey abajo, que: «Manténgaos Dios», me diga.

«Pecador de mí —dije yo—, por eso tiene tan poco cuidado de mantenerte, pues no sufres que nadie se lo ruegue.»

—Mayormente —dijo— que no soy tan pobre que no tengo en mi tierra un solar de casas, que, a estar ellas en pie y bien labradas, dieciséis leguas de donde nací, en aquella Costanilla de Valladolid, valdrían más de doscientas veces 1.000 maravedís, según se podrían hacer grandes y buenas. Y tengo un palomar que, a no estar derribado como está, daría cada año más de doscientos palominos. Y otras cosas que me callo, que dejé por lo que tocaba a mi honra; y vine a esta ciudad pensando que hallaría un buen asiento; mas no me ha sucedido como pensé. Canónigos y señores de la iglesia muchos hallo; mas es gente tan limitada que no los sacarán de su paso todo el mundo. Caballeros de media talla también me ruegan; mas servir a éstos es gran trabajo, porque de hombre os habéis de convertir en malilla, y, si no, «andad con Dios» os dicen. Y las más veces son los pagamentos a largos plazos, y las más y las más ciertas, comido por servido. Ya, cuando quieren reformar consciencia y satisfaceros vuestros sudores, sois librado en la recámara, en un sudado jubón o raída capa o sayo. Ya, cuando asienta un hombre con un señor de título, todavía pasa su lacería. Pues por ventura ¿no hay en mí habilidad para servir y contentar a éstos? Por Dios, si con él topase, muy gran su privado pienso que fuese, y que mil servicios le hiciese, porque yo sabría mentille tan bien como otro y agradalle a las mil maravillas. Reílle ya mucho sus donaires y costumbres, aunque no fuesen las mejores del mundo; nunca decille cosa con que le pesase, aunque mucho le cumpliese; ser muy diligente en su persona, en dicho y hecho; no me matar por no hacer bien las cosas que él no había de ver, y ponerme a reñir, donde él lo oyese, con la gente de servicio, porque pareciese tener gran cuidado de lo que a él tocaba. Si riñese con algún su criado, dar unos puntillos agudos para encenderle la ira y que pareciesen en favor del culpado; decirle bien de lo que bien le estuviese y, por el contrario, ser malicioso, mofador, malsinar a los de casa, y a los de fuera pesquisar y procurar de saber vidas ajenas para contárselas, y otras muchas galas de esta calidad que hoy día se usan en palacio y a los señores de él parecen bien; y no quieren ver en sus casas hombres virtuosos, antes los aborrecen y tienen en poco y llaman necios y que no son personas de negocios, ni con quien el señor se puede descuidar. Y con éstos los astutos usan, como digo, el día de hoy, de lo que yo usaría; mas no quiere mi ventura que le halle.

De esta manera lamentaba tan bien su adversa fortuna mi amo, dándome relación de su persona valerosa.

Pues, estando en esto, entró por la puerta un hombre y una vieja. El hombre le pide el alquiler de la casa y la vieja el de la cama. Hacen cuenta, y de dos en dos meses le alcanzaron lo que él en un año no alcanzara. Pienso que fueron 12 o 13 reales. Y él les dio muy buena respuesta: que saldría a la plaza a trocar una pieza de a dos y que a la tarde volviesen; mas su salida fue sin vuelta.

Por manera que a la tarde ellos volvieron; mas fue tarde. Yo les dije que aún no era venido. Venida la noche y él no, yo hube miedo de quedar en casa solo, y fuime a las vecinas y contéles el caso y allí dormí.

Venida la mañana, los acreedores vuelven y preguntan por el vecino; mas a esta otra puerta. Las mujeres le responden:

—Veis aquí su mozo y la llave de la puerta.

Ellos me preguntaron por él, y díjele que no sabía adónde estaba, y que tampoco había vuelto a casa desque salió a trocar la pieza, y que pensaba que de mí y de ellos se había ido con el trueco.

De que esto me oyeron, van por un alguacil y un escribano. Y helos do vuelven luego con ellos, y toman la llave, y llámanme, y llaman testigos, y abren la puerta y entran a embargar la hacienda de mi amo hasta ser pagados de su deuda. Anduvieron toda la casa y halláronla desembarazada, como he contado, y dícenme:

—¿Qué es de la hacienda de tu amo, sus arcas y paños de pared y alhajas de casa?

—No sé yo eso —le respondí.

—Sin duda —dicen ellos— esta noche lo deben de haber alzado y llevado a alguna parte. Señor alguacil, prended a este mozo, que él sabe dónde está.

En esto vino el alguacil y echóme mano por el collar del jubón, diciendo:

—Muchacho, tú eres preso, si no descubres los bienes de este tu amo.

Yo, como en otra tal no me hubiese visto (porque asido del collar sí había sido muchas e infinitas veces, mas era mansamente de él trabado, para que mostrase el camino al que no veía), yo hube mucho miedo y, llorando, prometíle de decir lo que me preguntaban.

—Bien está —dicen ellos—. Pues di todo lo que sabes y no hayas temor.

Sentóse el escribano en un poyo para escribir el inventario, preguntándome qué tenía.

—Señores —dije yo—, lo que este mi amo tiene, según él me dijo, es un muy buen solar de casas y un palomar derribado.

—Bien está —dicen ellos—; por poco que eso valga, hay para nos entregar de la deuda. ¿Y a qué parte de la ciudad tiene eso? —me preguntaron.

—En su tierra —les respondí.

—Por Dios, que está bueno el negocio —dijeron ellos—. ¿Y adónde es su tierra?

—De Castilla la Vieja me dijo él que era —le dije.

Riéronse mucho el alguacil y el escribano, diciendo:

—Bastante relación es ésta para cobrar vuestra deuda, aunque mejor fuese.

Las vecinas, que estaban presentes, dijeron:

—Señores, éste es un niño inocente y ha pocos días que está con ese escudero y no sabe de él más que vuestras mercedes; sino cuanto el pecadorcico se llega aquí a nuestra casa, y le damos de comer lo que podemos por amor de Dios, y a las noches se iba a dormir con él.

Vista mi inocencia, dejáronme, dándome por libre. Y el alguacil y el escribano piden al hombre y a la mujer sus derechos. Sobre lo cual tuvieron gran contienda y ruido, porque ellos alegaron no ser obligados a pagar, pues no había de qué ni se hacía el embargo. Los otros decían que habían dejado de ir a otro negocio, que les importaba más, por venir a aquél.

Finalmente, después de dadas muchas voces, al cabo carga un porquerón con el viejo alfamar de la vieja, aunque no iba muy cargado, allá van todos cinco dando voces. No sé en qué paró. Creo yo que el pecador alfamar pagara por todos. Y bien se empleaba, pues el tiempo que había de reposar y descansar de los trabajos pasados, se andaba alquilando.

Así, como he contado, me dejó mi pobre tercero amo, do acabé de conocer mi ruin dicha, pues, señalándose todo lo que podía contra mí, hacía mis negocios tan al revés, que los amos, que suelen ser dejados de los mozos, en mí no fuese así, mas que mi amo me dejase y huyese de mí.

Tratado cuarto. Cómo Lázaro se asentó con un fraile de la Merced, y de lo que le acaeció con él

Hube de buscar el cuarto, y éste fue un fraile de la Merced, que las mujercillas que digo me encaminaron, al cual ellas le llamaban pariente. Gran enemigo del coro y de comer en el convento, perdido por andar fuera, amicísimo de negocios seglares y visitar, tanto que pienso que rompía él más zapatos que todo el convento. Éste me dio los primeros zapatos que rompí en mi vida; mas no me duraron ocho días, ni yo pude con su trote durar más. Y por esto, y por otras cosillas que no digo, salí de él.

Tratado quinto. Cómo Lázaro se asentó con un buldero, y de las cosas que con él pasó

En el quinto por mi ventura di, que fue un buldero, el más desenvuelto y desvergonzado, y el mayor echador de ellas que jamás yo vi ni ver espero, ni pienso nadie vio, porque tenía y buscaba modos y maneras y muy sutiles invenciones.

En entrando en los lugares do habían de presentar la bula, primero presentaba a los clérigos o curas algunas cosillas, no tampoco de mucho valor ni sustancia: una lechuga murciana, si era por el tiempo, un par de limas o naranjas, un melocotón, un par de duraznos, cada sendas peras verdiñales. Así procuraba tenerlos propicios, porque favoreciesen su negocio y llamasen sus feligreses a tomar la bula. Ofreciéndosele a él las gracias, informábase de la suficiencia de ellos. Si decían que entendían, no hablaba palabra en latín por no dar tropezón; mas aprovechábase de un gentil y bien cortado romance y desenvoltísima lengua. Y si sabía que los dichos clérigos eran de los reverendos, digo que más con dineros que con letras y con reverendas se ordenan, hacíase entre ellos un santo Tomás, y hablaba dos horas en latín, a lo menos que lo parecía, aunque no lo era.

Cuando por bien no le tomaban las bulas, buscaba cómo por mal se las tomasen. Y para aquello hacía molestias al pueblo, y otras veces con mañosos artificios. Y porque todos los que le veía hacer sería largo de contar, diré uno muy sutil y donoso, con el cual probaré bien su suficiencia.

En un lugar de la Sagra de Toledo había predicado dos o tres días, haciendo sus acostumbradas diligencias, y no le habían tomado bula ni, a mi ver, tenían intención de tomársela. Estaba dado al diablo con aquello y, pensando qué hacer, se acordó de convidar al pueblo para otro día de mañana despedir la bula.

Y esa noche, después de cenar, pusiéronse a jugar la colación él y el alguacil. Y sobre el juego vinieron a reñir y a haber malas palabras. Él llamó al alguacil ladrón y el otro a él falsario. Sobre esto, el señor comisario, mi señor, tomó un lanzón, que en el portal do jugaban estaba. El alguacil puso mano a su espada, que en la cinta tenía. Al ruido y voces que todos dimos, acuden los huéspedes y vecinos, y métense en medio. Y ellos, muy enojados, procurándose de desembarazar de los que en medio estaban, para matarse. Mas, como la gente al gran ruido cargase, y la casa estuviese llena de ella, viendo que no podían afrentarse con las armas, decíanse palabras injuriosas, entre las cuales el alguacil dijo a mi amo que era falsario y las bulas que predicaba eran falsas.

Finalmente, que los del pueblo, viendo que no bastaban a ponellos en paz, acordaron de llevar al alguacil de la posada a otra parte. Y así quedó mi amo muy enojado. Y, después que los huéspedes y vecinos le hubieron rogado que perdiese el enojo y se fuese a dormir, se fue y así nos echamos todos.

La mañana venida, mi amo se fue a la iglesia y mandó tañer a misa y al sermón para despedir la bula. Y el pueblo se juntó, el cual andaba murmurando de las bulas, diciendo cómo eran falsas y que el mismo alguacil, riñendo, lo había descubierto. De manera que, atrás que tenían mala gana de tomalla, con aquello del todo la aborrecieron.

El señor comisario se subió al púlpito, y comienza su sermón y a animar la gente que no quedasen sin tanto bien y indulgencia como la santa bula traía.

Estando en lo mejor del sermón, entra por la puerta de la iglesia el alguacil y, desque hizo oración, levantóse y, con voz alta y pausada, cuerdamente comenzó a decir:

—Buenos hombres, oídme una palabra, que después oiréis a quien quisierdes. Yo vine aquí con este echacuervo que os predica, el cual me engañó, y dijo que le favoreciese en este negocio, y que partiríamos la ganancia. Y ahora, visto el daño que haría a mi conciencia y a vuestras haciendas, arrepentido de lo hecho, os declaro claramente que las bulas que predica son falsas, y que no le creáis ni las toméis y que yo, directe ni indirecte, no soy parte en ellas, y que desde ahora dejo la vara y doy con ella en el suelo. Y, si en algún tiempo éste fuere castigado por la falsedad, que vosotros me seáis testigos cómo yo no soy con él ni le doy a ello ayuda; antes os desengaño y declaro su maldad —y acabó su razonamiento.

Algunos hombres honrados que allí estaban se quisieron levantar y echar al alguacil fuera de la iglesia, por evitar escándalo; mas mi amo les fue a la mano y mandó a todos que, so pena de excomunión, no le estorbasen; mas que le dejasen decir todo lo que quisiese. Y así, él también tuvo silencio mientras el alguacil dijo todo lo que he dicho. Como calló, mi amo le preguntó si quería decir más que lo dijese. El alguacil dijo:

—Harto hay más que decir de vos y de vuestra falsedad; mas por ahora basta.

El señor comisario se hincó de rodillas en el púlpito y, puestas las manos y mirando al cielo, dijo así:

—Señor Dios, a quien ninguna cosa es escondida, antes todas manifiestas, y a quien nada es imposible, antes todo posible: tú sabes la verdad y cuán injustamente yo soy afrentado. En lo que a mí toca, yo le perdono, porque tú, Señor, me perdones. No mires a aquél, que no sabe lo que hace ni dice; mas la injuria a ti hecha te suplico, y por justicia te pido no disimules. Porque alguno que está aquí, que por ventura pensó tomar aquesta santa bula, y dando crédito a las falsas palabras de aquel hombre, lo dejará de hacer. Y pues es tanto perjuicio del prójimo, te suplico yo, Señor, no lo disimules; mas luego muestra aquí milagro, y sea de esta manera: que, si es verdad lo que aquél dice y que yo traigo maldad y falsedad, este púlpito se hunda conmigo y meta siete estados debajo de tierra, do él ni yo jamás parezcamos; y, si es verdad lo que yo digo y aquél, persuadido del demonio, por quitar y privar a los que están presentes de tan gran bien, dice maldad, también sea castigado y de todos conocida su malicia.

Apenas había acabado su oración el devoto señor mío, cuando el negro alguacil cae de su estado y da tan gran golpe en el suelo que la iglesia toda hizo resonar, y comenzó a bramar y echar espumajos por la boca y torcella, y hacer visajes con el gesto, dando de pie y de mano, revolviéndose por aquel suelo a una parte y a otra.

El estruendo y voces de la gente era tan grande, que no se oían unos a otros. Algunos estaban espantados y temerosos.

Unos decían: «El Señor le socorra y valga».

Otros: «Bien se le emplea, pues levantaba tan falso testimonio».

Finalmente, algunos que allí estaban, y a mi parecer no sin harto temor, se llegaron y le trabaron de los brazos, con los cuales daba fuertes puñadas a los que cerca de él estaban. Otros le tiraban por las piernas y tuvieron reciamente, porque no había mula falsa en el mundo que tan recias coces tirase. Y así le tuvieron un gran rato. Porque más de quince hombres estaban sobre él y a todos daba las manos llenas y, si se descuidaban, en los hocicos.

A todo esto el señor mi amo estaba en el púlpito de rodillas, las manos y los ojos puestos en el cielo, transportado en la divina esencia, que el planto y ruido y voces, que en la iglesia había, no eran parte para apartalle de su divina contemplación.

Aquellos buenos hombres llegaron a él y, dando voces le despertaron y le suplicaron quisiese socorrer a aquel pobre que estaba muriendo y que no mirase a las cosas pasadas ni a sus dichos malos, pues ya dellos tenía el pago; mas, si en algo podría aprovechar para librarle del peligro y pasión que padecía, por amor de Dios lo hiciese, pues ellos veían clara la culpa del culpado y la verdad y bondad suya, pues a su petición y venganza el Señor no alargó el castigo.

El señor comisario, como quien despierta de un dulce sueño, los miró y miró al delincuente y a todos los que alrededor estaban, y muy pausadamente les dijo:

—Buenos hombres, vosotros nunca habíades de rogar por un hombre en quien Dios tan señaladamente se ha señalado; mas, pues Él nos manda que no volvamos mal por mal y perdonemos las injurias, con confianza podremos suplicarle que cumpla lo que nos manda, y Su Majestad perdone a éste que le ofendió poniendo en su santa fe obstáculo. Vamos todos a suplicalle.

Y así, bajó del púlpito y encomendó a que muy devotamente suplicasen a nuestro Señor tuviese por bien de perdonar a aquel pecador y volverle en su salud y sano juicio y lanzar de él el demonio, si Su Majestad había permitido que por su gran pecado en él entrase.

Todos se hincaron de rodillas y delante del altar, con los clérigos, comenzaban a cantar con voz baja una letanía; y viniendo él con la cruz y agua bendita, después de haber sobre él cantado, el señor mi amo, puestas las manos al cielo y los ojos que casi nada se le parecía, sino un poco de blanco, comienza una oración no menos larga que devota, con la cual hizo llorar a toda la gente, como suelen hacer en los sermones de Pasión, de predicador y auditorio devoto, suplicando a Nuestro Señor, pues no quería la muerte del pecador, sino su vida y arrepentimiento, que aquél, encaminado por el demonio y persuadido de la muerte y pecado, le quisiese perdonar y dar vida y salud, para que se arrepintiese y confesase sus pecados.

Y esto hecho, mandó traer la bula y púsosela en la cabeza. Y luego el pecador del alguacil comenzó poco a poco a estar mejor y tornar en sí. Y desque fue bien vuelto en su acuerdo, echóse a los pies del señor comisario y, demandándole perdón, confesó haber dicho aquello por la boca y mandamiento del demonio; lo uno, por hacer a él daño y vengarse del enojo; lo otro, y más principal, porque el demonio recibía mucha pena del bien que allí se hiciera en tomar la bula.

El señor mi amo le perdonó, y fueron hechas las amistades entre ellos. Y a tomar la bula hubo tanta prisa, que casi ánima viviente en el lugar no quedó sin ella: marido y mujer, y hijos y hijas, mozos y mozas.

Divulgóse la nueva de lo acaecido por los lugares comarcanos y, cuando a ellos llegábamos, no era menester sermón ni ir a la iglesia, que a la posada la venían a tomar, como si fueran peras que se dieran de balde. De manera que, en diez o doce lugares de aquellos alrededores donde fuimos, echó el señor mi amo otras tantas mil bulas sin predicar sermón.

Cuando él hizo el ensayo, confieso mi pecado, que también fui de ello espantado, y creí que así era, como otros muchos; mas con ver después la risa y burla que mi amo y el alguacil llevaban y hacían del negocio, conocí cómo había sido industriado por el industrioso y inventivo de mi amo.

Acaeciónos en otro lugar, el cual no quiero nombrar por su honra, lo siguiente: y fue que mi amo predicó dos o tres sermones, y dó a Dios la bula tomaban. Visto por el astuto de mi amo lo que pasaba, y que aunque decía se fiaban por un año no aprovechaba, y que estaban tan rebeldes en tomarla, y que su trabajo era perdido, hizo tocar las campanas para despedirse y, hecho su sermón y despedido desde el púlpito, ya que se quería abajar, llamó al escribano y a mí, que iba cargado con unas alforjas, y hízonos llegar al primer escalón, y tomó al alguacil las que en las manos llevaba, y las que yo tenía en las alforjas púsolas junto a sus pies, y tornóse a poner en el púlpito con cara alegre, y arrojar desde allí de diez en diez y de veinte en veinte de sus bulas hacia todas partes diciendo:

—Hermanos míos, tomad, tomad de las gracias que Dios os envía hasta vuestras casas, y no os duela, pues es obra tan pía la redención de los cautivos cristianos que están en tierra de moros, porque no renieguen nuestra santa fe y vayan a las penas del infierno, siquiera ayudalles con vuestra limosna y con cinco Pater nostres y cinco Ave Marías, para que salgan de cautiverio. Y aun también aprovechan para los padres y hermanos y deudos que tenéis en el Purgatorio, como lo veréis en esta santa bula.

Como el pueblo las vio así arrojar, como cosa que la daba de balde y ser venida de la mano de Dios, tomaban a más tomar, aun para los niños de la cuna y para todos sus difuntos, contando desde los hijos hasta el menor criado que tenían, contándolos por los dedos. Vímonos en tanta prisa, que a mí aínas me acabaron de romper un pobre y viejo sayo que traía, de manera que certifico a vuestra merced que en poco más de una hora no quedó bula en las alforjas y fue necesario ir a la posada por más.

Acabados de tomar todos, dijo mi amo desde el púlpito a su escribano y al del Concejo que se levantasen, y para que se supiese quién eran los que habían de gozar de la santa indulgencia y perdones de la santa bula y para que él diese buena cuenta a quien le había enviado, se escribiesen.

Y así, luego todos de muy buena voluntad decían las que habían tomado, contando por orden los hijos y criados y difuntos.

Hecho su inventario, pidió a los alcaldes que, por caridad, porque él tenía que hacer en otra parte, mandasen al escribano le diese autoridad del inventario y memoria de las que allí quedaban, que según decía el escribano eran más de dos mil.

Hecho esto, él se despidió con mucha paz y amor, y así nos partimos de este lugar. Y aun, antes que nos partiésemos, fue preguntando él por el teniente cura del lugar y por los regidores si la bula aprovechaba para las criaturas que estaban en el vientre de sus madres. A lo cual él respondió, según las letras que él había estudiado, que no, que lo fuesen a preguntar a los doctores más antiguos que él y que esto era lo que sentía en este negocio.

Y así nos partimos, yendo todos muy alegres del buen negocio. Decía mi amo al alguacil y escribano:

—¿Qué os parece, cómo a estos villanos, que con solo decir cristianos viejos somos, sin hacer obras de caridad, se piensan salvar, sin poner nada de su hacienda? Pues, por vida del licenciado Pascasio Gómez, que a su costa se saquen más de diez cautivos.

Y así nos fuimos hasta otro lugar de aquel, cabo de Toledo, hacia la Mancha que se dice, adonde topamos otros más obstinados en tomar bulas. Hechas mi amo y los demás que íbamos nuestras diligencias, en dos fiestas que allí estuvimos, no se habían echado treinta bulas. Visto por mi amo la gran perdición y la mucha costa que traía, y el ardideza que el sutil de mi amo tuvo para hacer despender sus bulas fue que este día dijo la misa mayor y, después de acabado el sermón y vuelto al altar, tomó una cruz que traía de poco más de un palmo, y en un brasero de lumbre que encima del altar había, el cual habían traído para calentarse las manos, porque hacía gran frío, púsole detrás del misal, sin que nadie mirase en ello. Y allí, sin decir nada, puso la cruz encima la lumbre y, ya que hubo acabado la misa y echada la bendición, tomóla con un pañizuelo bien envuelta la cruz en la mano derecha y en la otra la bula, y así se bajó hasta la postrera grada del altar, adonde hizo que besaba la cruz. E hizo señal que viniesen adorar la cruz. Y así vinieron los alcaldes los primeros y los más ancianos del lugar, viniendo uno a uno, como se usa. Y el primero que llegó, que era un alcalde viejo, aunque él le dio a besar la cruz bien delicadamente, se abrasó los rostros y se quitó presto afuera. Lo cual visto por mi amo, le dijo:

—¡Paso, quedo, señor alcalde! ¡Milagro!

Y así hicieron otros siete u ocho, y a todos les decía:

—¡Paso, señores! ¡Milagro!

Cuando él vio que los rostriquemados bastaban para testigos del milagro, no la quiso dar más a besar. Subióse al pie del altar y de allí decía cosas maravillosas, diciendo que por la poca caridad que había en ellos había Dios permitido aquel milagro, y que aquella cruz había de ser llevada a la santa iglesia mayor de su obispado, que por la poca caridad que en el pueblo había, la cruz ardía.

Fue tanta la prisa que hubo en el tomar de la bula, que no bastaban dos escribanos ni los clérigos ni sacristanes a escribir. Creo de cierto que se tomaron más de tres mil bulas, como tengo dicho a vuestra merced.

Después, al partir, él fue con gran reverencia, como es razón, a tomar la santa cruz, diciendo que le había de hacer engastonar en oro, como era razón. Fue rogado mucho del Concejo y clérigos del lugar les dejase allí aquella santa cruz, por memoria del milagro allí acaecido. Él en ninguna manera lo quería hacer, y al fin, rogado de tantos, se la dejó; con que le dieron otra cruz vieja que tenían, antigua, de plata, que podrá pesar dos o tres libras, según decían.

Y así nos partimos alegres con el buen trueque y con haber negociado bien. En todo no vio nadie lo susodicho, sino yo, porque me subía par del altar para ver si había quedado algo en las ampollas, para ponello en cobro, como otras veces yo lo tenía de costumbre, y como allí me vio, púsose el dedo en la boca, haciéndome señal que callase. Yo así lo hice, por que me cumplía, aunque, después que vi el milagro, no cabía en mí por echallo fuera, sino que el temor de mi astuto amo no me lo dejaba comunicar con nadie, ni nunca de mí salió, porque me tomó juramento que no descubriese el milagro y así lo hice hasta ahora.

Y, aunque muchacho, cayóme mucho en gracia, y dije entre mí: «¡Cuántas de éstas deben hacer estos burladores entre la inocente gente!».

Finalmente, estuve con este mi quinto amo cerca de cuatro meses, en los cuales pasé también hartas fatigas, aunque me daba bien de comer, a costa de los curas y otros clérigos do iba a predicar.

Tratado sexto. Cómo Lázaro se asentó con un capellán, y lo que con él pasó

Después de esto, asenté con un maestro de pintar panderos, para molelle los colores, y también sufrí mil males.

Siendo ya en este tiempo buen mozuelo, entrando un día en la iglesia mayor, un capellán de ella me recibió por suyo, y púsome en poder un asno y cuatro cántaros y un azote, y comencé a echar agua por la ciudad. Éste fue el primer escalón que yo subí para venir a alcanzar buena vida, porque mi boca era medida. Daba cada día a mi amo 30 maravedís ganados, y los sábados ganaba para mí, y todo lo demás, entre semana, de 30 maravedís.

Fueme tan bien en el oficio que, al cabo de cuatro años que lo usé, con poner en la ganancia buen recaudo, ahorré para vestirme muy honradamente de la ropa vieja, de la cual compré un jubón de fustán viejo, y un sayo raído de manga trenzada y puerta, y una capa que había sido frisada, y una espada de las viejas primeras de Cuéllar. Desque me vi en hábito de hombre de bien, dije a mi amo se tomase su asno, que no quería más seguir aquel oficio.

Tratado séptimo. Cómo Lázaro se asentó con un alguacil, y de lo que le acaeció con él

Despedido del capellán, asenté por hombre de justicia con un alguacil; mas muy poco viví con él, por parecerme oficio peligroso. Mayormente que una noche nos corrieron a mí y a mi amo a pedradas y a palos unos retraídos. Y a mi amo, que esperó, trataron mal; mas a mí no me alcanzaron. Con esto renegué del trato.

Y pensando en qué modo de vivir haría mi asiento, por tener descanso y ganar algo para la vejez, quiso Dios alumbrarme y ponerme en camino y manera provechosa. Y con favor que tuve de amigos y señores, todos mis trabajos y fatigas hasta entonces pasados fueron pagados con alcanzar lo que procuré, que fue un oficio real, viendo que no hay nadie que medre, sino los que le tienen.

En el cual el día de hoy vivo y resido a servicio de Dios y de vuestra merced. Y es que tengo cargo de pregonar los vinos que en esta ciudad se venden, y en almonedas y cosas perdidas, acompañar los que padecen persecuciones por justicia y declarar a voces sus delitos: pregonero, hablando en buen romance.

En el cual oficio, un día que ahorcábamos un apañador en Toledo, y llevaba una buena soga de esparto, conocí y caí en la cuenta de la sentencia que aquel mi ciego amo había dicho en Escalona, y me arrepentí del mal pago que le di, por lo mucho que me enseñó, que, después de Dios, él me dio industria para llegar al estado que ahora estoy.

Hame sucedido tan bien, y yo le he usado tan fácilmente, que casi todas las cosas al oficio tocantes pasan por mi mano, tanto que, en toda la ciudad, el que ha de echar vino a vender, o algo, si Lázaro de Tormes no entiende en ello, hacen cuenta de no sacar provecho.

En este tiempo, viendo mi habilidad y buen vivir, teniendo noticia de mi persona el señor arcipreste de San Salvador, mi señor, y servidor y amigo de vuestra merced, porque le pregonaba sus vinos, procuró casarme con una criada suya. Y visto por mí que de tal persona no podía venir sino bien y favor, acordé de hacerlo. Y así, me casé con ella, y hasta ahora no estoy arrepentido, porque, allende de ser buena hija y diligente servicial, tengo en mi señor arcipreste todo favor y ayuda. Y siempre en el año le da, en veces, al pie de una carga de trigo; por las Pascuas, su carne; y cuando el par de los bodigos, las calzas viejas que deja. E hízonos alquilar una casilla par de la suya; los domingos y fiestas casi todas las comíamos en su casa.

Mas malas lenguas, que nunca faltaron ni faltarán, no nos dejan vivir, diciendo no sé qué y sí sé qué, de que ven a mi mujer irle a hacer la cama y guisalle de comer. Y mejor les ayude Dios, que ellos dicen la verdad, aunque en este tiempo siempre he tenido alguna sospechuela y habido algunas malas cenas por esperalla algunas noches hasta las laudes, y aún más, y se me ha venido a la memoria lo que a mi amo el ciego me dijo en Escalona, estando asido del cuerno; aunque, de verdad, siempre pienso que el diablo me lo trae a la memoria por hazerme malcasado, y no le aprovecha.

Porque allende de no ser ella mujer que se pague de estas burlas, mi señor me ha prometido lo que pienso cumplirá; que él me habló un día muy largo delante de ella y me dijo:

—Lázaro de Tormes, quien ha de mirar a dichos de malas lenguas nunca medrará. Digo esto, porque no me maravillaría alguno, viendo entrar en mi casa a tu mujer y salir de ella. Ella entra muy a tu honra y suya. Y esto te lo prometo. Por tanto, no mires a lo que pueden decir, sino a lo que te toca, digo, a tu provecho.

—Señor —le dije—, yo determiné de arrimarme a los buenos. Verdad es que algunos de mis amigos me han dicho algo de eso, y aun por más de tres veces me han certificado que, antes que conmigo casase, había parido tres veces, hablando con reverencia de vuestra merced, porque está ella delante.

Entonces mi mujer echó juramentos sobre sí, que yo pensé la casa se hundiera con nosotros. Y después tomóse a llorar y a echar maldiciones sobre quien conmigo la había casado, en tal manera que quisiera ser muerto antes que se me hubiera soltado aquella palabra de la boca. Mas yo de un cabo y mi señor de otro, tanto le dijimos y otorgamos que cesó su llanto, con juramento que le hice de nunca más en mi vida mentalle nada de aquello, y que yo holgaba y había por bien de que ella entrase y saliese de noche y de día, pues estaba bien seguro de su bondad. Y así quedamos todos tres bien conformes.

Hasta el día de hoy nunca nadie nos oyó sobre el caso; antes, cuando alguno siento que quiere decir algo de ella, le atajo y le digo:

—Mirad, si sois mi amigo, no me digáis cosa con que me pese, que no tengo por mi amigo al que me hace pesar, mayormente si me quieren meter mal con mi mujer, que es la cosa del mundo que yo más quiero, y la amo más que a mí, y me hace Dios con ella mil mercedes y más bien que yo merezco. Que yo juraré sobre la hostia consagrada que es tan buena mujer como vive dentro de las puertas de Toledo. Quien otra cosa me dijere, yo me mataré con él.

De esta manera no me dicen nada, y yo tengo paz en mi casa.

Esto fue el mismo año que nuestro victorioso Emperador en esta insigne ciudad de Toledo entró y tuvo en ella Cortes, y se hicieron grandes regocijos, como vuestra merced habrá oído. Pues en este tiempo estaba en mi prosperidad y en la cumbre de toda buena fortuna.

De lo que de aquí adelante me sucediere, avisaré a vuestra merced.

La segunda parte de Lazarillo de Tormes y de sus fortunas y adversidades

Publicada por primera vez en Amberes en 1555, sin autor aparente. Solo se reimprimió en Milán en 1587 y 1615, junto con el primer Lazarillo.

Privilegio

Concede el Emperador nuestro señor a Martín Nucio, impresor de libros en la villa de Anvers, que por tiempo de cuatro años ninguno pueda imprimir este libro so las penas contenidas en el original privilegio. Dado en Bruselas en su Consejo, y subsignado.

Facuwez.

Capítulo I. En que da cuenta Lázaro de la amistad que tuvo en Toledo con unos tudescos, y lo que con ellos pasaba

En este tiempo estaba en mi prosperidad y en la cumbre de toda buena fortuna, y como yo siempre anduviese acompañado de una buena galleta de unos buenos frutos que en esta tierra se crían, para muestra de lo que pregonaba, cobré tantos amigos y señores, así naturales como extranjeros, que do quiera que llegaba no había para mí puerta cerrada; y en tanta manera me vi favorecido, que me parece, si entonces matara un hombre, o me acaeciera algún caso recio, hallara a todo el mundo de mi bando y tuviera en aquellos mis señores todo favor y socorro. Mas yo nunca los dejaba boquisecos, queriéndolos llevar conmigo a lo mejor que yo había echado en la ciudad, a do hacíamos la buena y espléndida vida y xira; allí nos aconteció muchas veces entrar en nuestros pies y salir en ajenos. Y lo mejor desto es que todo este tiempo, maldita la blanca Lázaro de Tormes gastó, ni se la consentían gastar; antes, si alguna vez yo de industria echaba mano a la bolsa fingiendo quererlo pagar, tomábanlo por afrenta y mirábanme con alguna ira y decían: *Nite, nite, Asticot, lanz*, reprehendiéndome diciendo que do ellos estaban nadie había de pagar blanca.

Yo con aquello moríame de amores de tal gente, porque no solo esto, mas de perniles de tocino, pedazos de piernas de carnero cocidas en aquellos cordiales vinos con mucha de la fina especia, y de sobras de cecinas y de pan me henchían la falda y los senos cada vez que nos juntábamos, que tenía en mi casa de comer yo y mi mujer hasta hartar una semana entera. Acordábame en estas harturas de las mis hambres pasadas, y alababa al Señor, y dábale gracias que así andan las cosas y tiempos. Mas como dice el refrán: «Quien bien te hará, o se te irá o se morirá». Así me acaeció, que se mudó la gran corte, como hacer suele. Y al partir fui muy requerido de aquellos mis grandes amigos me fuese con ellos, y que me harían y acontecerían. Mas acordándome del proverbio que se dice: «Más vale el mal conocido, que el bien por conocer», agradeciéndoles su buena voluntad, con muchos abrazos y tristeza me despedí dellos. Y cierto, si casado no fuera, no dejara su compañía por ser gente hecha muy a mi gusto y condición. Y es vida graciosa la que viven, no fantástigos, ni presuntuosos; sin escrúpulo ni asco de entrarse en cualquier bodegón, la gorra quitada si el vino lo merece: gente llana y honrada, y tal y tan bien proveída, que no me la depare Dios peor cuando buena sed tuviere. Mas el amor de la mujer y de la patria que ya por mía tengo, pues como dicen: «¿De dó eres, hombre?», tiraron por mí; y así me quedé en esta ciudad, aunque muy conocido de los moradores della, con mucha soledad de los amigos y vida cortesana.

Estuve muy a mi placer con acrecentamiento de alegría y linaje por el nacimiento de una muy hermosa niña que en estos medios mi mujer parió, que aunque yo tenía alguna sospecha, ella me juró que era mía, hasta que a la fortuna le pareció haberme mucho olvidado y ser justo tornarme a mostrar su airado y severo gesto cruel, y aguarme estos pocos años de sabrosa y descansada vida con otros tantos de trabajos y amarga muerte. ¡Oh gran Dios! Y ¿quién podrá escribir un infortunio tan desastrado y acaecimiento tan sin dicha, que no deje holgar el tintero poniendo la pluma a sus ojos?

Capítulo II. Cómo Lázaro, por importunación de amigos, se fue a embarcar para la guerra de Argel, y lo que allá le acaeció

Sepa Vuestra Merced que estando el triste Lázaro de Tormes en esta gustosa vida, usando su oficio y ganando él muy bien de comer y de beber, porque Dios no crió tal oficio, y vale más para esto que la mejor veinteycuatría de Toledo; estando así mismo muy contento y pagado con mi mujer y alegre con la nueva hija, sobreponiendo cada día en mi casa alhaja sobre alhaja, mi persona muy bien tratada, con dos pares de vestidos, unos para las fiestas y otros para de contino, y mi mujer lo mismo, mis dos docenas de reales en el arca, vino a esta ciudad, que venir no debiera, la nueva para mí, y aún para otros muchos de la ida de Argel. Y comenzáronse de alterar unos, no sé cuántos vecinos míos, diciendo: «Vamos allá, que de oro hemos de venir cargados». Y comenzáronme con esto a poner codicia; díjelo a mi mujer, y ella, con gana de volverse con mi señor el Arcipreste, me dijo: «Haced lo que quisiéredes, mas si allá vais y buena dicha tenéis, una esclava querría que me trajésedes que me sirviese, que estoy harta de servir toda mi vida. Y también para casar a esta niña no serían malas aquellas tripolinas y doblas zahenas, de que tan proveídos dicen que están aquellos perros moros».

Con esto y con la codicia que yo me tenía, determiné (que no debiera) ir a este viaje. Y bien me lo desviaba mi señor el Arcipreste, mas yo no lo quería creer: al fin habían de pasar por mí más fortunas de las pasadas. Y así, con un caballero de aquí, de la Orden de San Juan, con quien tenía conocimiento, me concerté de le acompañar y servir en esta jornada, y que él me hiciese la costa, con tal que lo que allá ganase fuese para mí. Y así fue que gané, y fue para mí mucha malaventura, de la cual, aunque se repartió por muchos, yo traje harta parte.

Partimos desta ciudad aquel caballero y yo, y otros y mucha gente, muy alegres y muy ufanos como a la ida todos van; y por evitar prolijidad, de todo lo acaecido en este camino no hago relación, por no hacer nada a mi propósito. Mas de que nos embarcamos en Cartagena y entramos en una nao bien llena de gente y vituallas, y dimos con nosotros donde los otros, y levantóse en el mar la cruel y porfiada fortuna que habrían contado a Vuestra Merced, la cual fue causa de tantas muertes y pérdida, cual en el mar gran tiempo ha no se perdió; y no fue tanto el daño que la mar nos hizo, como el que unos a otros nos hicimos; porque como fue de noche, y aun de día el tiempo recio de las bravas ondas y olas del tempestuoso mar tan furiosas ningún saber había que lo remediase, que las mismas naos se hacían pedazos unas con otras, y se anegaban con todos los que en ellas iban. Mas pues sé que de todo lo que en ella pasó y se vio Vuestra Merced estará, como he dicho, informado de muchos que lo vieron y pasaron, y quiso Dios que escaparon, y de otros a quien aquellos lo han contado, no me quiero detener en ello, sino dar cuenta de lo que nadie sino yo la puede dar, por ser yo solo el que lo vio, y el que de todos los otros juntos que allí estuvieron ninguno mejor que yo lo vi. En lo cual me hizo Dios grandes mercedes, según Vuestra Merced oirá.

De moro ni de mora no doy cuenta, porque encomiendo al diablo el que yo vi. Mas vi la nuestra nao hecha pedazos por muchas partes, vila hacer por otras tantas, no viendo en ella mástil ni entena, todas las obras muertas derribadas y el casco tan hecho cascos, y tal cual he dicho.

Los capitanes y gente granada que en ella iban saltaron en el barco y procuraron de se mejorar en otras naos, aunque en aquella sazón pocas había que pudiesen dar favor. Quedamos los ruines en la ruin y triste nao, porque la justicia y cuaresma diz que es más para estos que para otros. Encomendámosnos a Dios y comenzámosnos a confesar unos a otros, porque dos clérigos que en nuestra compañía iban, como se decían ser caballeros de Jesucristo, fuéronse en compañía de los otros y dejáronnos por ruines. Mas yo nunca vi ni oí tan admirable confesión: que confesarse un cuerpo antes que se muera acaecedera cosa es, mas aquella hora entre nosotros no hubo ninguno que no estuviese muerto. Y muchos que cada ola que la brava mar en la mansa nao embestía, gustaban la muerte, por manera que pueden decir que estaban cien veces muertos, y así, a la verdad, las confesiones eran de cuerpos sin almas. A muchos dellos confesé, pero maldita la palabra me decían sino suspirar y dar tragos en seco, que es común a los turbados, y otro tanto hice yo a ellos, pues estándonos anegando en nuestra triste nao, sin esperanza de ningún remedio que para evadir la muerte se nos mostrase, después de llorada por mí mi muerte y arrepentido de mis pecados, y más de mi venida allí, después de haber rezado ciertas devotas oraciones que del ciego mi primero amo aprendí aprobadas para aquel menester, con el temor de la muerte vínome una mortal y grandísima sed, y considerando cómo se había de satisfacer con aquella salada, mal sabrosa agua del mar, parecióme inhumanidad usar de poca caridad conmigo mismo, y determiné que en lo que la mala agua había de ocupar era bien engullirlo de vino excelentísimo que en la nao había, el cual aquella hora estaba tan sin dueño como yo sin alma, y con mucha prisa comencé a beber. Y allende de la gran sed que el temor de la muerte y la angustia della me puso, y también no ser yo de aquel oficio mal maestro, el desatino que yo tenía, sin casi saber lo que hacía, me ayudó de tal manera, que yo bebí tanto, y de tal suerte me atesté, descansando y tornando a beber, que sentí de la cabeza a los pies no quedar en mi triste cuerpo rincón ni cosa que de vino no quedase llena, y acabando de hacer esto y la nao hecha pedazos, de sumirse con todos nosotros todo fue uno. Esto sería dos horas después de amanecido; quiso Dios que con el gran desatino que hube de me sentir del todo en el mar, sin saber lo que hacía, eché mano a mi espada, que en la cinta tenía, y comencé a bajar por mí mar abajo.

Aquella hora vi acudir allí gran número de pescados grandes y menores, de diversas hechuras, los cuales, ligeramente saliendo, con sus dientes de aquellos mis compañeros despedazaban y los talaban. Lo cual viendo, temí que lo mismo harían a mí que a ellos si me estuviese con ellos en palabras; y con esto dejé el bracear que los que se anegan hacen, pensando con aquello escapar de la muerte, de más y allende que yo no sabía nadar, aunque nadé por el agua para abajo, y caminaba cuanto podía mi pesado cuerpo, y comenzóme a apartar de aquella ruin conversación prisa y ruido y muchedumbre de pescados que al traquido que la nao dio acudieron; pues yendo yo así bajando por aquel muy hondo piélago, sentí y vi venir tras mí grande furia de un crecido y grueso ejército de otros peces, y según pienso venían ganosos de saber a qué yo sabía; y con muy grandes silbos y estruendo se llegaron a quererme asir con sus dientes. Yo, que tan cercano a la muerte me vi, con la rabia de la muerte, sin saber lo que hacía, comienzo a esgrimir mi espada, que en la diestra mano llevaba desnuda, que aún no la había desamparado, y quiso Dios me sucediese de tal manera, que en un pequeño rato hice tal riza dellos dando a diestro y a siniestro, que tomaron por partido apartarse de mí algún tanto; y, dándome lugar, se comenzaron a ocupar en se cebar de aquellos de su misma nación a quien yo defendiéndome había dado la muerte, lo cual yo sin mucha pena hacía, porque como estos animales tengan poca defensa, y sus coberturas menos, en mi mano era matar cuantos quería, y a cabo de un gran rato que dellos me aparté, yéndome siempre bajando, y tan derecho como si llevara mi cuerpo y pies fiados sobre alguna cosa, llegué a una gran roca que en medio del hondo mar estaba, y como me vi en ella de pies, holguéme algún tanto y comencé a descansar del gran trabajo y fatiga pasada, la cual entonces sentí, que hasta allí con la alteración y temor de la muerte no había tenido lugar de sentir.

Y como sea común cosa a los afligidos y cansados respirar, estando sentado sobre la peña di un gran suspiro, y caro me costó, porque me descuidé y abrí la boca, que hasta entonces cerrada llevaba, y como había ya el vino hecho alguna evacuación por haber más de tres horas que se había embasado lo que dél faltaba, tragué de aquella salada y desaborida agua, la cual me dio infinita pena rifando dentro de mí con su contrario. Entonces conocí cómo el vino me había conservado la vida, pues por estar lleno dél hasta la boca no tuvo tiempo el agua de me ofender; entonces vi verdaderamente la filosofía que cerca desto había profetizado mi ciego, cuando en Escalona me dijo que si a hombre el vino había de dar vida había de ser a mí. Entonces tuve gran lástima de mis compañeros que en el mar padecieron, porque no me acompañaron en el beber, que, si lo hicieran, estuvieran allí conmigo, con los cuales yo recibiera alguna alegría. Entonces entre mí lloré todos cuantos en el mar se habían anegado, y tornaba a pensar: «quizá, aunque bebieran, no tuvieran el tesón conveniente, porque no son todos Lázaro de Tormes, que deprendió el arte en aquella insigne escuela y bodegones toledanos con aquellos señores de otra tierra».

Pues estando así pasando por la memoria estas y otras cosas, vi que venían do yo estaba un gran golpe de pescados, los unos que subían de lo bajo y los otros que bajaban de lo alto, y todos se juntaron y me cercaron la peña. Conocí que venían con mala intención, y con más temor que gana me levanté con mucha pena y me puse en pie para ponerme en defensa; mas en vano trabajaba, porque a esta sazón yo estaba perdido y encallado de aquella mala agua que en el cuerpo se me entró. Estaba tan mareado, que en pies no me podía tener, ni alzar la espada para defenderme. Y como me vi tan cercano a la muerte, miré si vería algún remedio, pues buscallo en la defensa de mi espada no había lugar, por lo que dicho tengo; y andando por la peña como pude, quiso Dios hallé en ella una abertura pequeña y por ella me metí; y de que dentro me vi, vi que era una cueva que en la mesma roca estaba, y aunque la entrada tenía angosta, dentro había harta anchura y en ella no había otra puerta. Parecióme que el Señor me había traído allí para que cobrase alguna fuerza de la que en mí estaba perdida; y cobrando algún ánimo vuelvo el rostro a los enemigos, y puse a la entrada de la cueva la punta de mi espada. Y asimismo comienzo con muy fieras estocadas a defender mi homenaje.

En este tiempo toda la muchedumbre de los pescados me cercaron, y daban muy grandes vueltas y arremetidas en el agua, y llegábanse junto a la boca de la cueva; mas algunos que de más atrevidos presumían, procurando de me entrar, no les iba dello bien; y como yo tuviese puesta la espada lo más recio que podía con ambas manos a la puerta, se metían por ella y perdían las vidas; y otros que con furia llegaban heríanse malamente, mas no por esto levantaban el cerco. En esto sobrevino la noche, y fue causa que el combate algo más se aflojó, aunque no dejaron de acometerme muchas veces por ver si me dormía o si hallaban en mí flaqueza.

Pues estando el pobre Lázaro en esta angustia, viéndome cercado de tantos males en lugar tan extraño y sin remedio, considerando cómo mi buen conservador el vino poco a poco me iba faltando, por cuya falta la salada agua se atrevía y cada vez se iba conmigo desvergonzando, y que no era posible poderme sustentar siendo mi ser tan contrario de los que allí lo tienen, y que así mismo cada hora las fuerzas se me iban más faltando, así por haber gran rato que a mi atribulado cuerpo no se había dado refeción sino trabajo, como porque el agua digiere y gasta mucho, ya no esperaba más de cuando el espada se me cayese de mis flacas y tremulentas manos, lo cual luego que mis contrarios viesen, ejecutarían en mí muy amarga muerte haciendo sus cuerpos sepultura. Pues todas estas cosas considerando, y ningún remedio habiendo, acudí a quien todo buen cristiano debe acudir, encomendándome al que da remedio a los que no le tienen, que es el misericordioso Dios nuestro señor. Allí de nuevo comencé a gemir y llorar mis pecados, y a pedir dellos perdón y a encomendarme a Él de todo mi corazón y voluntad, suplicándole me quisiese librar de aquella rabiosa muerte, prometiéndole grande enmienda en mi vivir, si de dármela fuese servido. Después torné mis plegarias a la gloriosa Santa María madre suya y señora nuestra, prometiéndole visitalla en las sus casas de Monserrat y Guadalupe, y la Peña de Francia. Después vuelvo mis ruegos a todos los santos y santas, especialmente a San Telmo y al señor Sant Amador, que también pasó fortunas en la mar cuajada. Y esto hecho, no dejé oración de cuantas sabía que del ciego había deprendido, que no recé con mucha devoción: la del Conde, la de la emparedada, el Justo Juez y otras muchas que tienen virtud contra los peligros del agua.

Finalmente, el Señor, por virtud de su pasión y por los ruegos de los dichos y por lo demás que ante mis ojos tenía, con obrar en mí un maravilloso milagro, aunque a su poder pequeño, y fue que estando yo así sin alma, mareado y medio ahogado de mucha agua que, como he dicho, se me había entrado a mi pesar, y así mismo encallado y muerto de frío de la frialdad, que mientras mi conservador en sus trece estuvo, nunca había sentido, trabajado y hecho pedazos mi triste cuerpo de la congoja y continua persecución, y desfallecido del no comer, a deshora sentí mudarse mi ser de hombre, quiera no me cate, cuando me vi hecho pez, ni más ni menos, y de aquella propia hechura y forma que eran los que cerrado me habían tenido y tenían. A los cuales, luego que en su figura fui tornado, conocí que eran atunes, entendí cómo entendían en buscar mi muerte, y decían: «Este es el traidor, de nuestras sabrosas y sagradas aguas enemigo. Este es nuestro adversario y de todas las naciones de pescados que tan ejecutivamente se ha habido con nosotros desde ayer acá, hiriendo y matando tantos de los nuestros; no es posible que de aquí vaya; mas venido el día, tomaremos dél venganza».

Así oía yo la sentencia que los señores estaban dando contra el que ya hecho atún como ellos estaba. Después que un poco estuve descansado y refrescando en el agua, tomando aliento y hallándome tan sin pena y pasión como cuando más sin ella estuve, lavando mi cuerpo de dentro y de fuera en aquella agua que al presente, y dende en adelante, muy dulce y sabrosa hallé, mirándome a una parte y a otra por ver si veía en mí alguna cosa que no estuviese convertido en atún. Estándome en la cueva muy a mi placer, pensé si sería bien estarme allí hasta que el día viniese, mas hube miedo me conociesen y les fuese manifiesta mi conversión. Por otro cabo, temía la salida por no tener confianza de mí si me entendería con ellos y les sabría responder a lo que me interrogasen, y fuese esto causa de descubrirse mi secreto; que aunque los entendía y me veía de su hechura, tenía gran miedo de verme entre ellos. Finalmente, acordé que lo más seguro era no me hallasen allí, porque ya que no me tuviesen por dellos, como no fuese hallado Lázaro de Tormes, pensarían yo haber sido en salvalle y me pedirían cuenta dél, por lo cual me pareció que saliendo antes del día y mezclándome con ellos, con ser tantos, por ventura no me echarían de ver ni me hallarían extraño; y como lo pensé, así lo puse por obra.

Capítulo III. Cómo Lázaro de Tormes hecho atún salió de la cueva, y cómo le tomaron las centinelas de los atunes y lo llevaron ante el general

En saliendo, señor, que salí de la roca, quise luego probar la lengua y comencé a grandes voces a decir: «¡Muera, muera!», aunque apenas había acabado estas palabras, cuando acudieron las centinelas que sobre el pecador de Lázaro estaban, y llegados a mí, me preguntan quién viva. «Señor —dije yo—, ¡viva el pece y los ilustrísimos atunes!»

«Pues, ¿por qué das las voces? —me dijeron—, ¿qué has visto o sentido en nuestro adversario que así nos alteras? ¿De qué capitanía eres?»

Señor, yo les dije me pusiesen ante el señor de los capitanes y que allí sabrían lo que preguntaban. Luego, el uno destos atunes mandó a diez dellos me llevasen al general, y él se quedó haciendo la guarda con más de diez mil atunes.

Holgaba infinito de verme entender con ellos, y dije entre mí: «El que me hizo esta gran merced, ninguna hizo coja». Así caminamos y llegamos, ya que amanecía, al gran ejército, do había juntos tan gran número de atunes, que me pusieron espanto. Como conocieron a los que me llevaban, dejáronnos pasar; y llegados al aposento del general, uno de mis guías, haciendo su acatamiento, contó en qué manera y en el lugar do me habían hallado, y que siéndome preguntado por su capitán Licio quién yo era, había respondido que me pusiesen ante el general, y por esta causa me traían ante su grandeza.

El capitán general era un atún aventajado de los otros en cuerpo y grandeza, el cual me preguntó quién era y cómo me llamaban, y en qué capitanía estaba y qué era lo que pedía, pues pedí ser ante él traído. A esta sazón yo me hallaba confuso y ni sabía decir mi nombre, aunque había sido bien bautizado, excepto si dijera ser Lázaro de Tormes. Pues decir de dónde ni de qué capitanía, tampoco lo sabía, por ser tan nuevamente transformado y no tener noticia de las mares ni conocimiento de aquellas grandes compañas ni de sus particulares nombres, por manera que, disimulando algunas de las preguntas que el general me hizo, respondí yo y dije: «Señor, siendo tu grandeza tan valerosa, como por todo el mar se sabe, gran poquedad me parece que un miserable hombre se defienda de tan gran valer y poderoso ejército, y sería menoscabar mucho su estado y el gran poder de los atunes». Y digo: «Pues yo soy tu súbdito y estoy a tu mandado y de tu bandera, profiero a ponerte en poder de sus armas y despojo, y si no lo hiciere, que mandes hacer justicia cruel de mí».

Aunque por sí o por no, no me ofrecí a darle a Lázaro por no ser tomado en mal latín. Y este punto no fue de latín, sino de letrado mozo de ciego. Hubo desto el general gran placer por ofrecerme a lo que me ofrecí, y no quiso saber de mí más particularidades; mas luego respondió y dijo: «Verdad es que por escusar muertes de los míos, está determinado tener cercado aquel traidor y tomalle por hombre; mas si tú te atreves a entralle como dices, serte ha muy bien pagado, aunque me pesaría si, por hacer tú por nuestro señor el rey y mí, tomases muerte en la entrada como otros han hecho; porque yo precio mucho a los mis esforzados atunes, y a los que con mayor ánimo veo querría guardar más, como buen capitán debe hacer».

«Señor —respondí yo—, no tema tu ilustrísima excelencia mi peligro, que yo piénsolo efectuar sin perder gota de sangre.»

«Pues si así es, el servicio es grande, y te lo pienso bien gratificar. Y pues el día se viene, yo quiero ver cómo cumples lo que has prometido.»

Mandó luego a los que tenían cargos que moviesen contra el lugar donde el enemigo estaba; y esto fue admirable cosa de ver mover un campo pujante y caudaloso, que cierto nadie lo viera a quien no pusiese espanto. El capitán me puso a su lado, preguntándome la manera que pensaba tener para entralle. Yo se la decía fingiendo grandes maneras y ardides, y hablando llegamos a las centinelas que algo cerca de la cueva o roca estaban.

Y Licio, el capitán el cual me había enviado al general, estaba con toda su compañía bien a punto, teniendo de todas partes cercada la cueva; mas no por eso que ninguno se osase llegar a la boca della, porque el general lo había enviado a mandar por evitar el daño que Lázaro hacía, y porque al tiempo que yo fui convertido en atún, quedóse la espada puesta a la puerta de la cueva de aquella manera que la tenía cuando era hombre, la cual los atunes veían, temiendo que el rebelado la tenía y estaba tras la puerta. Y como llegamos, yo dije al general mandase retraer los que el sitio tenían, y que así él como todos se apartasen de la cueva, lo cual fue hecho luego. Y esto hice yo porque no viesen lo poco que había que hacer en la entrada. Yo me fui solo, y dando muy grandes y prestas vueltas en el agua, y lanzando por la boca grandes espadañadas della.

En tanto que yo esto hacía, andaba entre ellos, de hocico en hocico, la nueva cómo yo me había ofrecido de entrar al negocio, y oía decir: «Él morirá como otros tan buenos y osados han hecho».

«Dejadle, que presto veremos su argullo perdido.»

Yo fingía que dentro había defensa y me echaban estocadas como aquel que las había echado, y fuía el cuerpo a una y otra parte. Y como el ejército estaba desmayado, no tenían lugar de ver que no había que ver. Tornaba otras veces a llegarme a la cueva y acometella con gran ímpetu y a desviarme como antes. Y así anduve un rato fingiendo pelea: todo por encarecer la cura. Después que esto hice algunas veces, algo desviado de la cueva, comienzo a dar grandes voces porque el general y ejército me oyesen, y a decir: «¡Oh mezquino hombre! ¿Piensas que te puedes defender del gran poder de nuestro gran rey y señor, y de su gran capitán, y de los de su pujante ejército? ¿Piensas pasar sin castigo de tu gran osadía y de las muchas muertes que por tu causa se han hecho en nuestros amigos y deudos? ¡Date, date a prisión al insigne y gran caudillo! Por ventura habrá de ti merced. ¡Rinde, rinde las armas que te han valido! Sal del lugar fuerte do estás, que poco te ha de aprovechar, y métete en poder del que ningún poder en el gran mar le iguala».

Yo que estaba, como digo, dando estas voces, todo para almohazar los oídos al mandón, como hacerse suele por ser cosa de que ellos toman gusto, llega a mí un atún, el cual me venía a llamar de parte del general. Yo me vine para él, al cual y a todos los más del ejército hallé finados de risa; y era tanto el estruendo y ronquidos que en el reír hacían, que no se oían unos a otros. Como yo llegué espantado de tan gran novedad, mandó el capitán general que todos callasen, y así hubo algún silencio, aunque a los más les tornaba a arrebatar la risa, y al fin con mucha pena oí al general que me dijo: «Compañero, si otra forma no tenéis en entrar la fuerza a nuestro enemigo que la de hasta aquí, ni tú cumplirás tu promesa, ni yo soy cuerdo en estarte esperando; y más que solamente te he visto acometer la entrada, y no has osado entrar, mas de verte poner con eficacia en persuadir a nuestro adversario, lo que debe de hacer cualquiera. Y esto, al parecer mío y de todos estos, tenías bien escusado de hacer, y nos parece tiempo muy mal gastado y palabras muy dichas a la llana, porque ni lo que pides ni lo que has dicho en mil años lo podrás cumplir, y desto nos reímos; y es muy justa nuestra risa, ver que parece que estás con él platicando como si fuese otro tú».

Y en esto tornaron a su gran reír; y yo caí en mi gran necedad, y dije entre mí: «Si Dios no me tuviese guardado para más bien, de ver estos necios lo poco y malo que yo sé usar de atún, caerían en que sí tengo el ser, no el natural». Con todo, quise remediar mi yerro, y dije: «Cuando hombre, señor, tiene gana de efectuar lo que piensa, acaécele lo que a mí».

Alza el capitán, y todos, otra mayor risa, y díjome: «Luego hombre eres tú».

Estuve por responder: «Tú dijiste». Y cabía bien, mas hube miedo que en lugar de rasgar su vestidura, se rasgara mi cuerpo. Y con esto dejé las gracias para otro tiempo más conveniente.

Yo, viendo que a cada paso decía mi necedad, y pareciéndome que a pocos de aquellos jaques podría ser mate, comencéme a reír con ellos, y sabe Dios que regañaba con muy fino miedo que a aquella sazón tenía. Y díjele: «Gran capitán, no es tan grande mi miedo como algunos lo hacen, que como yo tenga contienda con hombre, vase la lengua a lo que piensa el corazón; mas ya me parece que tardo en cumplir mi promesa y en darte venganza de nuestro contrario. Contando con tu licencia, quiero volver a dar fin a mi hecho».

«Tú la tienes», me dijo. Y luego, muy corrido y temeroso de tales acaecimientos, me volví a la peña pensando cómo me convenía estar más sobre el aviso en mis hablas. Y llegando a la cueva acaecióme un acaecimiento, y tornándome a retraer muy de presto, me junté del todo a la puerta y tomé en la boca la que otras veces en la mano tomaba, y estuve pensando qué haría: si entraría en la cueva o iría a dar las armas a quien las prometí. En fin, pensé si entrara, por ventura sería acusado de ladronicio, diciendo habella yo comido, pues no había de ser hallado, el cual era caso feo y digno de castigo. En fin, vuelvo al ejército, el cual ya movía en mi socorro, porque me había visto cobrar la espada; y aun por mostrar yo más ánimo, cuando la cobré de sobre la pared que a la boca de la cueva estaba, esgremí torciendo el hocico, y a cada lado hice con ella casi como un revés.

Llegando al general, humillando la cabeza ante él, teniendo, como pude, el espada por la empuñadura en mi boca, le dije: «Gran señor, veis aquí las armas de nuestro enemigo: de hoy no hay más que temer la entrada, pues no tiene con qué defenderla. Vos lo habéis hecho como valiente atún, y seréis gualardonado de tan gran servicio. Y, pues, con tanto esfuerzo y osadía ganastes la espada, y me parece os sabréis aprovechar della mejor que otro, tenedla hasta que tengamos en poder este malvado».

Y luego llegaron infinitos atunes a la boca de la cueva, mas ninguno fue osado de entrar dentro, porque temían no le quedase puñal. Yo me preferí a ser el primero de la escala, con tal que luego me siguiesen y diesen favor; y esto pedía porque hubiese testigos de mi inocencia; mas tanto era el miedo que a Lázaro habían, que nadie quería seguirme, aunque el general prometía grandes dádivas al que conmigo segundase. Pues estando así, díjome el gran capitán qué me parecía que hiciese, pues ninguno me quería ser compañero en aquella peligrosa entrada. Y yo respondí que por su servicio me atrevería a entrarla solo si me asegurasen la puerta, que no temiesen de ser conmigo. Él dijo que así se haría, y que cuando los que allí estuviesen no osasen, que él me prometía seguirme. Entonces llegó el capitán Licio y dijo que entraría tras mí. Luego comienzo a esgrimir mi espada a un cabo y a otro de la cueva y a echar con ella muy fieras estocadas, y lánzome dentro diciendo a grandes voces: «¡Victoria, victoria! ¡Viva el gran mar y los grandes moradores dél, y mueran los que habitan la tierra!».

Con estas voces, aunque mal formadas, el capitán Licio, que ya dije me siguió y entró luego tras mí, el cual aquel día estrañamente se señaló y cobró conmigo mucho crédito en velle tan animoso y aventajado de los otros; y a mí parecióme que un testigo no suele dar fe, y no quitándome de la entrada, comienzo a pedir socorro. Mas por demás era mi llamar, que maldito el que se osaba aun allegar. Y no es de tener a mucho, porque en mi conciencia lo mismo hiciera yo si pensara lo que ellos: para qué es si no decir la verdad. Mas entrábame como por mi casa, sabiendo que un caracol dentro no estaba. Comencé a animallos diciéndoles: «¡Oh poderosos, grandes y valerosos atunes!, ¿dó está vuestro esfuerzo y osadía el día de hoy? ¿Qué cosa se os ofrecerá en que ganéis tanta honra? ¡Vergüenza, vergüenza! Mirad que vuestros enemigos os ternán en poco siendo sabidores de vuestra poca osadía».

Con estas y otras cosas que les dije, aquel gran capitán, más con vergüenza que gana, bien espaciosamente entró dando muy grandes voces: «¡Paz, paz!», en lo cual bien conocí que no las traía todas consigo, pues en tiempo de tanta guerra pregonaba paz. Desque fue entrado, mandó a los de fuera que entrasen, los cuales pienso yo que entraron con harto poco esfuerzo; mas como no vieron al pobre Lázaro, ni defensa alguna, aunque hartos golpes de espada daba yo por aquellas peñas, quedaron confusos, y el general corrido de lo poco que acorrió al socorro mío y de Licio.

Capítulo IV. Cómo, después de haber Lázaro con todos los atunes entrado en la cueva, y no hallando a Lázaro sino a los vestidos, entraron tantos que se pensaron ahogar, y el remedio que Lázaro dio

Mirando bien la cueva, hallamos los vestidos del esforzado atún Lázaro de Tormes, porque fueron dél apartados cuando en pez fue vuelto, y cuando los vi todavía temí si por ventura estaba dentro dellos mi triste cuerpo, y el alma sola convertida en atún. Mas quiso Dios no me hallé, y conocí estar en cuerpo y alma vuelto en pescado. Huélgome porque todavía sintiera pena y me dolieran mis carnes viéndolas despedazadas, y tragar a aquellos que con tan buena voluntad lo hicieran, y yo mismo lo hiciera por no diferenciar de los de mi ser, y dar con esto causa de ser sentido.

Pues estando así el capitán general y los otros atónitos, a cada parte mirando y recatándose, temiendo, aunque deseando, encontrar con el que encontraban; después de bien rodeada y buscada la pequeña cueva, el capitán general me dijo qué me parecía de aquello y de no hallar allí nuestro adversario.

«Señor —le respondí—, sin duda yo pienso este no ser hombre, sino algún demonio que tomó su forma para nuestro daño, porque, ¿quién nunca vio ni oyó decir un cuerpo humano sustentarse sobre el agua tanto tiempo, ni que hiciese lo que éste ha hecho, y al cabo, teniéndole en un lugar encerrado como éste, y con estar aquí y tan cercado, habérsenos ido ante nuestros ojos?»

Cuadróle esto que dije, y estando hablando en esto, sucediónos otro mayor peligro, y fue que como comenzasen a entrar en la cueva los atunes que fuera estaban, diéronse tanta prisa, viéndose ya libres del contrario, y por haber parte del saco dél y vengarse de las muertes que había hecho de sus deudos y amigos, que cuando miramos, estaba la cueva tan llena, que desde el suelo hasta arriba no metieran un alfiler que no fuese todo atunes; y así, atocinados unos sobre otros, nos ahogábamos todos, porque, como tengo dicho, el que entraba no se tenía por contento hasta llegar a do el general estaba, pensando se repartía la presa. Por manera que, vista la necesidad y el gran peligro en que estábamos, el general me dijo: «Esforzado compañero,

¿qué medio tenemos para salir de aquí con vida, pues vees cómo va creciendo el peligro, y todos casi estamos ahogados?»

«Señor —dije yo—, el mejor remedio sería si estos que cabe nos están pudiesen darnos lugar, y que yo pudiese tomar la entrada desta cueva y defenderla con mi espada, para que más no entrasen, y los entrados saldrían y nosotros con ellos sin peligro. Mas esto es imposible por haber tanta multitud de atunes que sobre nosotros están, y habrás de ver cómo no por eso se ha de escusar que no entren más, porque el que está fuera piensa que los que estamos acá dentro estamos repartiendo el despojo, y quieren su parte. Un solo remedio veo, y es si por escapar vuestra excelencia tiene por bien que algunos destos mueran, porque para ya hacer lugar no puede ser sin daño.»

«Pues así es, guarda la cara al basto y triunfa de todos esos otros.»

«Pues, señor —le respondí—, quedáis como poderoso señor, sacadme a paz y a salvo deste hecho, y que en ningún tiempo me venga por ellos mal.»

«No solo no te vendrá mal —dijo él—, mas te prometo te vendrá por lo que hicieres grandes bienes, que en tales tiempos es gran bien del ejército que el caudillo se salve, y querría más una escama que los súbditos.»

«¡Oh capitanes —dije yo entre mí—, qué poco caso hacen de las vidas ajenas para salvar las suyas! ¡Cuántos deben de hacer lo que éste hace! Cuán diferente es lo que estos hacen a lo que oí decir que había hecho un Paulo Decio, noble capitán romano, que, conspirando los latinos contra los romanos, estando los ejércitos juntos para pelear, la noche antes que la batalla se diese, soñó el Decio que estaba constituido por los dioses que si él moría en la batalla que los suyos vencerían y serían salvos, y si él se salvaba, que los suyos habían de morir. Y lo primero que procuró comenzando la batalla, fue ponerse en parte tan peligrosa que no pudiese escapar con la vida, porque los suyos la hubiesen, y así la hubieron. Mas no le seguía en esto el nuestro general atún.»

Después, viendo yo la seguridad que me daba, digo la seguridad y aun la necesidad que de hacello había, y el aparejo para me vengar del mal tratamiento y estrecho en que aquellos malos y perversos atunes me habían puesto, comienzo a esgrimir mi espada lo mejor que pude, y a herir a diestro y a siniestro, diciendo: «¡Fuera, fuera, atunes mal comedidos, que ahogáis a nuestro capitán!». Y con esto, a unos de revés, a otros de tajo, a veces de estocadas, en muy breve hice diabluras, no mirando ni teniendo respecto a nadie, excepto al capitán Licio, que por verle de buen ánimo en la entrada de la cueva me aficioné a él y le amé y guardé, y no me fue dello mal, como adelante se dirá.

Los que estaban dentro de la cueva, como vieron la matanza, comienzan a desembarazar la posada, y con cuanta furia entraron, a mayor salieron. Y como los de fuera supiesen la nueva y viesen salir a algunos descalabrados, no procuraron entrar. Y así, nos dejaron solos con los muertos, y me puse a la boca de la cueva, y desde allí empiezo a echar muy fieras estocadas. Y a mi parecer, tan señor de la espada me vi teniéndola con los dientes como cuando la tenía con las manos.

Después de haber descansado del trabajo y ahogamiento, el bueno de nuestro general y los que con él estaban comienzan a sorber de aquella agua que a la sazón en sangre estaba vuelta; y así mismo, a despedazar y comer los pecadores atunes que yo había muerto, lo cual viendo, comencé a tenelles compañía, haciéndome nuevo de aquel manjar que ya le había comido algunas veces en Toledo, mas no tan fresco como allí se comía. Y así, me harté de muy sabroso pescado, no impidiéndome las grandes amenazas que los de fuera me hacían por el daño que había hecho en ellos.

Y ya que al general pareció, nos salimos fuera con avisalle de la mala intención que los de fuera contra mí tenían, por tanto que su excelencia proveyese en mi seguridad. Él, como salió contento y bien harto —que dicen que es la mejor hora para negociar con los señores—, mandó pregonar que los que en dicho ni en hecho fuesen contra el atún extranjero, que muriesen por ello, y ellos y sus sucesores fuesen habidos y tenidos por traidores, y sus bienes confiscados a la real cámara, por cuanto si el sobredicho atún hizo daño en ellos fue por ser ellos rebeldes y haber pasado el mandamiento de su capitán, y puéstole, por su mal mirar, a punto de muerte. Y con esto, todos hubieron por bien que los muertos fuesen muertos y los vivos tuviésemos paz.

Hecho esto, el capitán hizo llamar todos los otros capitanes, maestros de campo y todos los demás oficiales señalados que tenían cargo del ejército. Mandó que los que no habían entrado en la cueva entrasen y repartiesen entre sí el despojo que hallasen, lo cual brevemente fue hecho; y tantos eran, que a un bocado de atún no les cupo. Después de salidos, porque pareciese a todos hacían participantes, pregonaron saco a todo el ejército, del cual fue hecho cumplimiento a todos los atunes comunes, porque maldita la cosa en la cueva había, si no fuese alguna gota de sangre y los vestidos de Lázaro. Aquí pasé yo por la memoria la crueldad destos animales, y cuán diferente es la benigna condición de los hombres a la dellos. Porque, puesto caso que en la tierra alguno se allegáse a comer algo de lo de su próximo, el cual pongo en duda haber, mayormente el día de hoy, por estar la conciencia más alta que nunca, a lo menos no hay tan desalmado que a su mismo próximo coma. Por tanto, los que se quexan en la tierra de algunos desafueros y fuerzas que les son hechos, vengan, vengan a la mar, y verán cómo es pan y miel lo de allá.

Capítulo V. En que cuenta Lázaro el ruin pago que le dio el general de los atunes por su servicio, y de su amistad con el capitán Licio

Pues tornando a lo que hace al caso, otro día el general mismo me apartó en su aposento, y dijo: «Esforzado y valeroso atún extraño, yo he acordado te sean gualardonados tan buenos servicios y consejos, porque si los que como tú sirven no son gualardonados, no se hallarían en los ejércitos quien a los peligros se aventurase; porque me parece, en pago dello ganes nuestra gracia, y te sean perdonadas las valerosas muertes que en la cueva en nuestras compañas hecistes. Y en memoria del servicio que en librarme de la muerte me has hecho, poseas y tengas por tuya propia esa espada del que tanto daño nos hizo, pues tan bien della te sabes aprovechar, con apercebimiento que si con ella hicieres contra nuestros súbditos y naturales de nuestro señor el rey alguna violencia, mueras por ello. Y con esto me parece no vas mal pagado, y de hoy más puedes te volver do eres natural». Y mostrándome no muy buen semblante, se metió entre los suyos y me dejó.

Quedé tan atónito cuando oí lo que dijo, que casi perdí el sentido, porque pensaba por lo menos me había de hacer un grande hombre, digo atún, por lo que había hecho, dándome cargo perpetuo en un gran señorío en el mar, según me había ofrecido.

«¡Oh Alexandre —dije entre mí—, repartíades y gastábades vos las ganancias ganadas con vuestro ejército y caballeros! O lo que había oído de Cayo Fabricio, capitán romano, de qué manera gualardonaba y guardaba la corona para coronar a los primeros que se aventuraban a entrar los palenques. Y tú, Gonzalo Hernandes, gran capitán español, otras mercedes heciste a los que semejantes cosas en servicio de tu rey y en aumento de tu honra se señalasen. Todos los que sirvieron y siguieron a cuantos del polvo de la tierra le levantaste, y valerosos y ricos heciste, como este mal mirado atún conmigo lo hizo, haciéndome merced de la que en Zocodover me había costado mis 3 reales y medio. Pues oyendo esto, consúelense los que en la tierra se quexan de señores, pues hasta en el hondo mar se usan las cortas mercedes de los señores.»

Estando yo así pensativo y triste, conociéndomelo el capitán Licio, llegóse a mí y díjome: «Los que confían en algunos señores y capitanes así como a ti acaece, que estando en necesidad hacen promesas, y salidos dellas no se acuerdan de lo prometido. Yo soy buen testigo de todo tu buen esfuerzo y de todo lo que valerosamente has hecho, como quien a tu lado se halló, y veo el mal pago que de tus proezas llevas y el gran peligro en que estás, porque quiero que sepas que muchos destos que ante ti tienes están entre sí concertando tu muerte; por tanto no te partas de mi compañía, que de aquí te doy fe, como hijodalgo, de te favorecer con todas mis fuerzas y con las de mis amigos en cuanto pueda, pues sería muy gran pérdida perderse un tan valeroso y señalado pece como tú».

Yo le respondí grandes gracias por la voluntad que me mostraba, y acepté la merced y buena obra que me hacía, y ofreciéndome serville en tanto que viviese. Y con esto él fue muy contento, y llamó hasta quinientos atunes de su compañía y mandóles que dende en adelante tuviesen cargo de me acompañar y mirar por mí como por él mismo. Y así fue, que estos jamás, de día ni de noche, de mí se apartaban, y con gran voluntad, que estos no era mucho que me desamasen. Y no pienso que de los otros había en el ejército quien no me tuviese gran voluntad, porque les pareció aquel día del combate que me señalé o di a conocer gran valentía y esfuerzo en mí.

Desta manera trabamos el capitán Licio y yo amistad, la cual nos mostramos como adelante diré. Deste supe yo muchas cosas y costumbres de los habitadores del mar, los nombres de los cuales y muchas provincias, reinos y señoríos dél, y de los señores que los poseían. Por manera que en pocos días, me hice tan práctico, que a los nacidos en él hacía ventaja y daba más cuenta y relación de las cosas que ellos mismos. Pues en este tiempo nuestro campo se deshizo, y el general mandó que cada capitanía y compañía se fuese a su alojamiento, y dende a dos lunas fuesen todos los capitanes juntos en la corte, porque el rey lo había así enviado a mandar. Apartámosnos mi amigo y yo con los de su compañía, que serían, a mi ver, hasta diez mil atunes, entre los cuales había poco más que diez hembras, y estas eran atunas del mundo, que entre la gente de guerra suelen andar a ganar la vida. Aquí vi el arte y ardid que para buscar de comer tienen estos pescados, y es que se derraman a una parte y a otra y se hacen en cerco grande de más de una legua en torno, y desque los unos de una parte se han juntado con los de la otra, vuelven los rostros unos para otros y se tornan a juntar, y todo el pescado que en medio toman muere a sus dientes. Y así cazan una o dos veces al día, según como acaecen a salir. Desta suerte nos hartábamos de muchos y sabrosos pescados, como era pajeles, bonitos, agujas y otros infinitos géneros de peces. Y haciendo verdadero el proverbio que dicen que «el pece grande come al más pequeño», porque, si acontecía en la redada coger algunos mayores que nosotros, luego les dábamos carta de guía, dejábamos salir sin ponernos con ellos en barajas, excepto qué si querían ser con nosotros y ayudarnos a matar y comer conforme al dicho «quien no trabaja, que no coma».

Tomamos una vez entre otros pescados ciertos pulpos, al mayor de los cuales yo reservé la vida, y tomé por esclavo y hice mi paje de espada, y así no traía la boca embarazada ni pena con ella, porque mi paje, revuelto por los anillos, una de sus muchas colas la traía a su placer, y aun parecióme a mí que se usaba y pompeaba con ellas. Desta suerte caminamos ocho soles, que llaman en el mar a los días, al cabo de los cuales llegamos a do mi amigo y los de su compañía tenían sus hijos y hembras, de las cuales fuimos recibidos con mucho placer, y cada cual con su familia se fue a su albergue, dejándome a mí y al capitán en el suyo.

Entrados que fuimos en la posada del señor Licio, dijo a su hembra: «Señora, lo que deste viaje traigo es haber ganado por amigo este gentil atún que aquí veis, la cual ganancia tengo en mucho; por tanto os ruego sea de vos festejado y hecho aquel tratamiento que a mi hermano hacer solíades, porque en ello me haréis singular placer».

Esta era una muy hermosa atuna y de mucha autoridad; respondió: «Por cierto, señor, eso se hará como mandáis, y si falta hubiere, no será de voluntad».

Yo me humillé ante ella suplicándola me diese las manos para se las besar, sino que plugo a Dios se lo dije algo paso, y no se echó de ver y no oyeron mi necedad. Dije entre mí: «Maldito sea mi descuido, que pido para besar las manos a quien no tiene sino cola». La atuna me dio una hocicada amorosa, rogándome me levantase, y así fui della recibido muy bien; y ofreciéndome a su servicio, fui della muy bien respondido como de una muy honrada dueña. Y desta manera estuvimos allí algunos días, y muy a nuestro placer, y yo muy bien Tratado destos señores y servido de los de su casa. En este medio yo mostré al capitán esgrimir, no lo habiendo en mi vida aprendido, y hízose de la espada muy diestro, lo cual él preciaba mucho; y así mismo, a un hermano suyo que había nombre Melo, también muy ahidalgado atún.

Pues estando yo una noche en mi reposo, pensando la muy buena amistad que en este pece mi amigo tenía, deseando se le ofreciese algo en que le pudiese pagar parte de lo mucho que le debía, vínome al pensamiento un gran servicio que le podía hacer, y luego a la mañana lo comuniqué con él, lo cual él tuvo en lo que fue justo, pues le valió tanto como adelante diré. Y fue el caso que, viéndole yo tan aficionado a las armas, le dije que él debía enviar a aquella parte donde fue nuestro desastre, y que allí se hallarían muchas espadas, lanzas, puñales y otras maneras de armas, y que trajesen todas las que pudiesen traer, que yo quería tomar cargo de mostrar aquella nuestra compaña y hacellos diestros; y, si aquello había efecto, su compañía sería la más pujante y valerosa de todas, y de quien el rey y todo el mar más caso haría, porque ella sola valdría más que todas las otras juntas, y que desto le redundaría a él mucha honra y ganancia. Parecióle consejo de buen amigo y mucho me lo agradeció; y luego, ejecutando el aviso, envió a su hermano Melo con hasta seis mil atunes, los cuales con toda brevedad y buena diligencia vinieron trayendo infinitas espadas y otras armas, muchas de las cuales gran parte venían tomadas del orín, y debían ser de cuando el poco venturoso don Hugo de Moncada pasó otra tormenta en este paso. Las armas venidas fueron repartidas en los atunes que más hábiles nos parecieron, y el capitán por un cabo y su hermano por otro, y yo era como sobremaestro a quien venían con las dudas: no entendíamos en otra cosa, sino en mostrárselas a tener y esgrimir con ellas, y a que supiesen echar su revés y tajo y fina estocada; a los demás que nos pareció diose cargo para cazar y buscar de comer.

A las hembras hicimos entender en limpiar las armas con una gentil invención que yo di, y fue que las sacasen y metiesen en los lugares que tuviesen arena hasta que se parasen lucias. De manera que, puestos todos a punto, quien viera aquel pedazo de mar le pareciera una gran batalla en el agua. A cabo de algunos días, muy pocos de los atunes armados había que no se tuviese por otro Aguirre el diestro. Entramos en consejo, y fue acordado hiciésemos con los pulpos perpetua liga y amistad de que se viniesen a vivir con nosotros, porque nos sirviesen con sus largas faldas de talabartes, y así se hizo, y holgaron dello, porque los tuviésemos por amigos y los mantuviésemos, los cuales, como dije, sin pena nos podían servir.

Y en este tiempo se cumplió el plazo de los dos meses, en cabo de los cuales el capitán general mandó que fuesen todos juntos los capitanes en la corte; y Licio se empezó a poner a punto para la ida, y entre él y mí se platicó si sería bien irme yo con él a la corte y besar las manos al rey, y que tuviese noticia de mí. Hallamos no ser buena la voluntad que mostró el general, y que sería inconveniente por haberme expresamente mandado me fuese a mi tierra, por lo cual, después de platicado bien el negocio, estando presentes a la plática Melo, hermano del capitán Licio, de muy buen ingenio, y la hermosa y no menos sabia atuna, su hembra, fue el parecer de todos por el presente que yo me quedase allí en su compañía, porque él acordó de ir a la ligera y llevar pocos de los suyos, y que, después que él llegase allá, informaría al rey de mí y del gran valor mío, y que, como el rey le respondiese, así haría lo que fuese bien.

Con este acuerdo el buen Licio se partió con hasta mil atunes, y quedamos su hermano Melo y yo con los demás en el aposento; y al tiempo que de mí se despidió, apartándome, me dijo: «Verdadero amigo, hágoos saber que voy muy triste por un sueño que esta noche soñé. ¡Quiera Dios no sea verdad! Mas si por mi desventura saliere verdad, ruégoos os hayáis como bueno y os acordéis de lo que en voluntad me sois en cargo, y no queráis de mí más saber, porque ni a vos ni a mí conviene».

Yo le rogué mucho se aclarase cómo, y no quiso; antes, como estaba ya despedido de su dueña y de su hermano y de los demás, dándome con el hocico se fue no alegre, dejándome a mí muy triste y confuso. Pensé muchos y varios pensamientos sobre aquel caso y en uno dellos hice algún asiento, diciendo: «Por ventura éste, a quien tanto debo, debe pensar que la hermosura de su atuna, que las más veces con la mucha honestidad no se abraza, me cegará para que no vea lo que el mar vería tan gran maldad. Mas esta buena ley el día de hoy está corrupta, y en el mar debe de ser lo mismo, y no es mucho».

Pasé yo por la memoria muchas cosas en este caso y parecióme prevenir el remedio para que él se asegurase y mi lealtad no padeciese, y fue llegados ante la capitana atuna yo y su cuñado, después de haberla algún tanto consolado del pesar que la partida de su marido le causaba, mayormente en ver la tristeza que Licio llevaba, aunque también a mí y a ella se lo encubrió al tiempo que della se despidió.

Yo le dije a Melo que yo deseaba ser su huésped, si él por bien lo tenía, porque para estar en compañía de hembras era mal regocijado, y antes causaría a su merced tristeza, que sería en quitársela. Ella me fue mucho a la mano, diciendo que si algún consuelo pensaba tener era por estar yo en su poder y posada, sabiendo el grande amor que su marido me tenía, y que, así, al tiempo que della se partió, no le dio mayor cargo que el cuidado que de mí había de tener; aunque yo no pensé lo que era, antes distaban nuestros pensamientos. Al fin, como a mí se me habían asentado los negros celos, aun como atún, que por ventura había pasado por ellos con la mi Elvira y mi amo el arcipreste, nunca se pudo conmigo acabar que quedase, antes me fui con el cuñado, y cuando a visitalla venía siempre le traía conmigo.

Capítulo VI. En que cuenta Lázaro lo que al capitán Licio, su amigo, le aconteció en la corte con el gran capitán

Pues, estando así, como he contado, a ratos cazando, a ratos ejercitando las armas con aquellos que diestros se habían hecho, dende a ocho días que mi amigo se había partido, nos llegó una nueva, la cual manifestó la tristeza que llevaba al partir con hacernos a todos los más tristes peces de todo el mar. Y fue el caso que, cuando el capitán general se hubo conmigo tan ásperamente como he contado, él quisiera que me fuera luego del ejército, y que los apasionados a quien yo había hecho ofensa me ofendieran y dieran muerte, y aun, como después se supo, él había mandado a ciertos atunes que, viéndome desmandado, me matasen, y averiguado, no por más de por parecelle, como era verdad, ser yo tal testigo de su cobardía, porque otra causa yo no hallaba, sino por do merecía ser gratificado. Mas Dios no dio lugar a esta maldad, poniendo, como puso, a Licio en corazón el favor que me hizo; lo cual sabido por el general, tomó así mismo con él gran odio y mala voluntad, afirmando y jurando que lo que Licio hizo por mí fue por dalle a él pesar; y sabiendo también que en él tenía mal testigo, por estar junto a mí cuando el general entró en la cueva diciendo: «Paz, paz».

Juntóse todo, y lo que en mí había hecho el buen capitán, y mejor que él. Procuró con todas sus malas mañas hacer, y como fue en la corte, luego fue con grandes quejas al rey infamándole de traidor y aleve, diciendo que una noche, teniendo el dicho capitán Licio en cargo la guarda y la más cercana centinela, por muchos dineros que le había dado por liballe de serla. Y esto decían él y otros muchos más. Y así le ayude Dios como dijo la verdad, que Lázaro de Tormes no le podía dar sino muchas cabezas dellos que tenía a sus pies, y dispuso dél, diciendo que había traído de partes estrañas un atún malo y cruel, el cual atún había muerto gran número de los de su ejército con una espada que en la boca traía, de la cual jugaba tan diestramente que no era posible sino ser algún diablo que para destrución de los atunes tomó su forma, y que él, viendo el daño que el mal atún había hecho, lo desterró y, so pena de muerte, le mandó se apartase del campo; y que el dicho Licio, en menosprecio del real mandado y de la real corona, y a su despecho, lo había acogido en su compañía y dado favor y ayuda, por do había incurrido en crimen lese majestatis, y por derecho y ley debía de ser hecha dél justicia, porque fuese castigo de su yerro y en él otros tomasen ejemplo, porque dende adelante nadie fuese contra los mandamientos reales.

El señor rey, así mal informado y peor consejado, dando crédito a las palabras de su mal capitán, con dos o tres malos y falsos testigos que juraron lo que él les mandó, y con una probanza hecha en ausencia y sin partes, el mismo día que llegó a la corte el buen Licio, muy inocente desto, mandó fuese luego preso y metido en una cruel mazmorra y echada a su garganta una muy fuerte cadena. Y mandó al general hiciese con toda solicitud poner en él guarda y llevar a pura y debida execución su castigo, el cual luego proveyó más de treinta mil atunes que le hiciesen la guarda.

Capítulo VII. Cómo, sabido por Lázaro la prisión de su amigo Licio, lo lloró mucho él y los demás, y lo que sobre ello se hizo

Estas tristes y dolorosas nuevas nos trajeron algunos de los que con él ido habían, dándonos esta relación a todos, y cómo le habían hecho cargo de lo que he dicho, y la manera que en el oílle y estar con él a derecho se tenía; porque todos los jueces que en ello entendían tenía sobornados el general, y que según pensaban, y la cosa tan de rota iba, no podría escapar de breve y rabiosa muerte.

A esta hora me acordé y dije entre mí aquel dicho del conde Claros antiguo, que dice:

> ¿Cuándo acabarás, ventura?
> ¿Cuándo tienes de acabar?
> En la tierra mil desastres,
> y en las mares mucho más.

Comenzóse entre nosotros un llanto y alaridos, y en mí doblado, porque lloraba al amigo y lloraba a mí, que faltando él no esperaba vivir, quedando en medio del mar y de mis enemigos, del todo solo y desamparado. Parecióme que aquella compañía se quejaba de mí, y con justa causa y razón, pues yo era causante que lo perdiesen al que bien querían. No sin causa decía su atuna: «Vos, mi señor, tan triste de mí os partistes, sin quererme dar parte de vuestra tristeza; bien pronosticábades vos mi grande pérdida».

«Sin duda —decía yo—, este es el sueño que vos, mi buen amigo, soñastes; esta es la tristeza con que vos de mí os partistes, alejándonos con ella.» Y así, cada uno decía y lamentaba. Dije delante de todos: «Señora, y señores y amigos, lo que con las tristes nuevas hemos hecho ha sido muy justo, pues cada uno de nosotros muestra lo que siente; mas, ya que este primer movimiento, que en mano de nadie es pasado, justo será, mis señores, que pues con lloro nuestra pérdida no se cobra, que demos orden brevemente en pensar el mejor remedio que nos convenga». Y esto pensando y visto, ponello luego en ejecución, pues, según dicen estos señores, la demasiada prisa que nos dan los que nos desaman lo requiere.

La hermosa y casta atuna, que derramando muchas lágrimas de sus graciosos ojos estaba, me respondía: «Todos vemos, esforzado señor, ser gran verdad lo que decís, y así mismo la demasiada necesidad que de nuevo tenemos; por lo cual, si estos señores y amigos de mi parecer son, debemos todos de remitirnos a vos como a quien Dios ha puesto claro y señalado seso, y pues Licio, mi señor, siendo tan cuerdo y sabio, sus arduos y pesados negocios de vos confiaba y vuestro parecer seguía, no pienso errar, aunque soy una flaca hembra, en suplicaros lo toméis a cargo de proveer y ordenar lo que convenga a la salvación del que de un verdadero amor os ama, y al consuelo desta triste que siempre os quedará en gran deuda».

Y esto dicho, tomó a su gran llanto, y todos hicimos lo mesmo. Melo y otros atunes con la señora capitana estaban, y con ella se hallaron a su parecer conformes, los cuales me dieron cargo desta empresa, ofreciéndose a seguirme y hacer todo lo que yo les mandase. Pues viendo que yo era obligado a hacerlo, de ponerme en todo cuidado y trabajo por el que por mí en tanto estrecho estaba, comedidamente lo acepté diciéndoles conocer yo que cada cual de sus mercedes lo hiciera mejor; mas, pues eran servidos que yo lo hiciese, a mí me placía. Diéronme las gracias, y luego allí acordamos se hiciese saber a todo el ejército, lo cual luego fue hecho, y dentro en tres días fueron todos juntos. Yo escogí para mi consejo doce dellos, los más ricos, y no tuve respeto a más sabios si eran pobres, porque así lo había visto hacer cuando era hombre en los ayuntamientos do se trataban negocios de calidad; y así vi hartas veces dar con la carga en el suelo, porque, como digo, no miran sino que anden vestidos de seda, no de saber. Y estos apartados, fue el uno dellos Melo y la señora capitana, que era muy sesuda hembra, cosa por cierto muy clara en tierra y en mar. Y esto hecho, mandamos a toda la compañía se fuesen a comer y viniesen luego a punto de guerra: los armados con sus armas, los otros con sus cuerpos.

Venidos que fueron, hice contallos, y hallamos por número diez mil y ciento y nueve atunes, todos estos de pelea, sin hembras, pequeños y viejos; los cinco mil dellos armados, cuál de espada o puñal, lanza y cuchillo. Todos estos hicieron juramento en mi cola, que sobre su cabeza pusieron a usanza de allá (y aun reíme, en cuanto hombre, entre mí de la donosa cerimonia), que harían lo que yo les mandase, y pornían sus armas, y los que no las tuviesen, sus dientes, en quien yo les dijese, procurando con todas sus fuerzas librar a su capitán, guardando la debida lealtad a su rey.

Acordamos en el consejo de guerra que la señora capitana fuese con nosotros, muy bien acompañada de otras cien atunas, entre las cuales llevó una hermana suya, doncella muy hermosa y apuesta. Y hicimos tres escuadrones: el uno de todos los atunes desarmados y los dos de los que llevaban armas. En la vanguardia iba yo con dos mil y quinientos armados, y en la retaguardia iba Melo con otros tantos. Los desarmados y carruaje iban en medio, y llevando asimismo con nosotros nuestros pajes ya dichos, que las espadas nos llevaban.

Capítulo VIII. De cómo Lázaro y sus atunes, puestos en orden, van a la corte con voluntad de libertar a Licio

Desta suerte que arriba he dicho nos metimos en camino, y con mucha prisa, dando cargos a los que nos pareció de la pesca para bastecer la compañía, porque no se desmandasen, y tomé aviso de los que nos habían traído la nueva del asiento de la corte y el lugar donde nuestro capitán estaba preso. Y a cabo de tres días llegamos a tres millas de la corte, y porque por ir de nueva y estraña manera, si se supiese de nuestra ida, pondríamos escándalo, acordóse que no pasásemos adelante hasta que la noche viniese. Y mandamos a ciertos atunes, de aquellos que la triste nueva nos habían traído, se fuesen a la ciudad, y lo más disimulado que pudiesen, supiesen en qué estaba la cosa y volviesen a nosotros con el aviso; y dellos algunos volvieron dándonos la peor que quisiéramos.

La noche venida, fue acordado que la señora capitana con sus hembras, y Melo con ellas, con hasta quinientos atunes sin armas, de los más honrados y viejos, fuesen derecho camino al rey; y, como bien sabían, suplicasen al rey hubiese por bien de examinar la justicia de su marido y hermano; y que yo con todos los demás me metiese en una montaña muy espesa de arboledas y grandes rocas que a dos millas de la ciudad estaba, do el rey algunas veces iba a monte, y allí estuviésemos hasta ver lo que negociaban, los cuales nos avisasen.

Luego llegamos al bosque y hallámosle bien proveído de pescados monteses, en el cual nos cebamos o, por mejor decir, hartamos a nuestro placer. Yo apercebí toda la compañía que estuviese lanza en cuxa. La hermosa y buena atuna llegó allá al alba y luego se fue para palacio con toda su compañía, y esperó gran rato a la puerta hasta que el rey fue levantado, al cual dijeron la venida de aquella dueña y lo mucho que a los porteros importunaba la dejasen entrar y hablar a su alteza. El rey, que bien sintió a lo que venía, le envió a decir se fuese en hora buena, que no podía oírla. Visto que de palabra no quería oír, fue por escrito, y allí se hizo una petición bien ordenada de dos letrados que por Licio abogaban, en la cual se le suplicó quisiese admitir a sí aquel juicio, pues Licio había apelado para ante su alteza, porque el nuestro buen capitán estaba condenado a muerte por esos señores alcaldes del crimen, y habíase dado esta sentencia el día de antes, la cual nosotros supimos de los que dije, diciendo: «Que su alteza supiese que su marido había sido acusado con falsedad y muy injustamente sentenciado, y que su alteza hiciese tornar a examinar su justicia, y que hasta en tanto sobreseyese la justicia y ejecución de la sentencia».

Estas y otras cosas muy bien dichas fueron en la buena petición, la cual fue dada a uno de los porteros; y al tiempo que se la dio, la buena capitana se quitó una cadena de oro que traía con su joyel y se la dio al portero, y le dijo que se doliese della y de su fatiga, y no mirase al galardón tan poco, con muchas lágrimas y tristeza. El portero tomó dél la petición de buena gana, y de mejor la cadena, prometiendo hacer su posibilidad, y no fue en vano la promesa, porque, leída ante el rey la petición, tantas y tales cosas se atrevió a decir con su boca llena de oro a su alteza, juntamente con narralle los llantos y angustias que la señora capitana hacía por su marido a la puerta del palacio, que al aconsejado rey hizo mover a alguna piedad, y dijo: «Ve con esa dueña a los alcaldes del crimen y diles que sobresean la ejecución de la sentencia, porque quiero ser informado de ciertas cosas covenientes al negocio del capitán Licio».

Y con esta embajada vino muy alegre el portero a la triste, pidiéndole albricias de su buen negociar, las cuales de buena gana ella se las ofreció. Y luego, sin detenerse, fueron al aposento de los alcaldes, y quiso su desdicha que, yendo por la calle, toparon con don Paver, que así se llamaba el inventor destos nuestros afanes, el cual muy acompañado iba a palacio; mas, como vio la dueña y su capitanía, y supo quién eran y conoció el portero, como astuto y sagaz sospechó lo que podía ser, y con gran disimulación llamó al portero, y interrogándole a dó iba con aquella compañía, el cual simplemente se lo dijo; y él demostró que le placía dello, siendo al revés, diciendo que se holgaba de lo que el rey hacía, porque, al fin, Licio era valeroso, y no era justo así hacer justicia dél sin bien examinar el negocio.

En mi posada quedan los alcaldes que a pedir mi parecer en este negocio venían, y yo iba a hablar al rey sobre ello, y ellos me quedan allí esperando; mas, pues traéis despacho, volvamos, y decirles heis lo que el rey nuestro señor manda. Y yendo llamó a un paje suyo y muy riendo le dijo que fuese a los alcaldes y les dijese que luego a la hora hiciesen de Licio la justicia que se había de hacer, porque así convenía al servicio del rey; y que en la cárcel, o a la puerta della, lo justiciasen sin traello por las calles, entre tanto que yo detengo este portero. El criado lo hizo así, y llegando a la posada, el traidor metió consigo al portero y dijo a Melo y a su cuñada que esperasen mientras entraba a hablar a los alcaldes, y que de allí todos irían a la prisión de Licio a dalle el parabién de su buena esperanza, y que él quería con ellos ir. Mas a esta hora la desventurada fue avisada de la gran traición y mayor crueldad del gran capitán. Pues, aunque peor voluntad tuviera al buen Licio, mirara la angustia y lágrimas de la buena capitana su mujer, y fuera mejor aplacallo por este respecto. Y cuando el malaventurado y traidor llamó al paje para que fuese a negociar la muerte de el buen Licio, quiso Dios que uno de sus criados lo oyó y díjolo a la buena capitana, del cual el mal capitán no se guardó, la cual, cuando se lo dijo, cayó sin sentido casi muerta sobre el cuello de su cuñado, que junto a ella estaba.

Melo, como lo oyó, tomó treinta atunes de los que consigo estaban, para que con la mayor presteza que pudiesen me diesen aviso del peligro en que el negocio estaba, los cuales, como fieles y diligentes amigos, se dieron tanta prisa que en breve fuimos sabidores de las tristes nuevas que nos llegaron, dando muy grandes voces: «¡Arma, arma, valientes atunes, que nuestro capitán padece muerte por traición y astucia del traidor don Paver, contra voluntad y mandado del rey nuestro señor!». Y en breves palabras nos cuentan todo lo que yo he contado. Hice luego tocar las bocinas, y mis atunes fueron juntos con sus bocas armadas, a los cuales yo hice una bravísima habla dándoles cuenta de lo contado: por tanto, que como buenos y esforzados mostrasen sus ánimos a los enemigos socorriendo a su señor en tan extrema necesidad, y ellos respondieron todos que estaban prestos a seguirme y hacer en el caso su deber.

Acabada su respuesta, luego comenzamos a caminar para allá. ¡Quién viera a esta hora a Lázaro atún delante de los suyos, haciendo el oficio de esforzado capitán, animándolos y esforzándolos, sin haberlo jamás usado! Excepto pregonando los vinos, que hacía casi lo mismo, incitando los bebedores, diciendo: «¡Aquí, aquí, señores, que aquí se vende lo bueno!», y no hay tal maestro como la necesidad. Pues desta suerte, a mi parecer, en menos de un cuarto de hora entramos en la ciudad, y andando por las calles con tal ímpetu y furor, que me parece a aquella sazón lo quisiera haber con un rey de Francia; y puse a mi lado los que mejor sabían la ciudad, para que nos guiasen do el sin culpa estaba por el más breve camino.

Capítulo IX. Que contiene cómo Lázaro libró de la muerte a Licio, su amigo, y lo que más por él hizo

Y yendo nosotros con el furor y velocidad que tengo dicho, dimos con nosotros en una gran plaza que ante la torre de la prisión estaba, mas nunca, a mi pensar, socorro entró ni llegó a tan buen tiempo, ni aquel buen Cipión Africano socorrió a su patria, que casi del todo estaba ocupada del gran Aníbal, como nosotros corrimos al buen Licio. Finalmente que el mensajero que el traidor envió supo tan bien negociar, y los señores jueces, que así mismo holgaron de contentar aquel, aunque malo, gran señor y privado del rey, porque otro día le dijese que tenía muy buena justicia y que los que la ejecutaban eran muy suficientes, y así les ayude Dios, que cuando llegamos tenían al nuestro Licio sobre un repostero, y a la hermosa su mujer con él dándole la postrera hocicada, que por grandes ruegos la dejaron llegar, muy sin esperanza, ella y Melo, de nuestro velocísimo socorro.

Estaban en torno de la plaza y por las bocas de las calles que a ella venían más de cincuenta mil atunes de la compañía del gran capitán, a los cuales había dado la guarda del buen Licio. El ejecutivo verdugo estaba dando gran prisa a la señora capitana se apartase de allí y le dejase hacer su oficio, el cual tenía en su boca una muy gruesa y aguda espina de ballena del largo de un brazo para metelle por las agallas a nuestro muy gran capitán, que así mueren los que son hijosdalgo. Y la triste hembra, muy a su pesar, dando lugar al cruel verdugo, con grandes lloros y gemidos que ella y su compañía daban, ya el buen Licio se tendía para esperar la muerte, y cerrando para siempre sus ojos por no verla, ya que el verdugo, como es costumbre, le había pedido perdón. Y llegándose él, le anda tentando el lugar o la parte por donde había de herir, para más presto dejalle sin vida, cuando Lázaro atún había hendido con su compañía por medio de los malos guardadores, derribando y matando cuantos delante dél se ponían con su toledana espada. Y llegó a buen tiempo, al cual se debe creer que lo trajo Dios, que quiere socorrer a los buenos en tiempo de más necesidad, pues llegando al lugar que digo, y visto el duro peligro en que el amigo estaba, di una gran voz, como la que solía dar en Zocodover, antes que llegase el verdugo a hacer su deber. Yo le dije: «Vil gurrea, ten, ten tu mazo, si no morirás por ello».

Fue mi voz tan espantosa y puso tanto temor, que no solo al cegoñino, mas a los demás que allí estaban dio espanto, y no es de maravillar, porque, de verdad, a la boca del infierno que tal voz sonara espantara a los espantosos demonios, que fuera parte que me rindieran las atormentadas ánimas. El verdugo, atónito de me oír y espantado de ver el velocísimo ejército que en mi seguimiento venía, esgrimiendo mi espada a una y a otra parte por ponelle más miedo y dalle materia en que ocupase la vista, me esperó; mas como yo llegué, parecióme asegurar el campo, y di al pecador que matarle quería una estocada por el testuz, por do cayó luego muerto al lado del que nada desto veía. Aunque animoso y esforzado pece, la tristeza y pesar de verse tan injusta y malamente morir le tenía a esta sazón fuera de su acuerdo; y cuando así le vi estar, pensé si, por desdicha mía, había acaecido antes que yo llegase que el miedo le hubiese muerto, y con esto apresuradamente llegué a él llamándole por su nombre; y a las voces que le di levantó un poco la cabeza y abrió los ojos. Y como me vio y conoció, como si de la muerte resucitara, se levantó, y sin mirar nada de lo que pasaba se vino a mí, y yo le recibí con el mayor gozo y alegría que jamás ni después hube, diciéndole: «Mi buen señor, quien en tal estrecho os puso, no os debe amar como yo».

«¡Ay, mi buen amigo! —me respondió—, cuán bien me habéis pagado lo poco que me debíades. ¡Plega a Dios me dé lugar para os pagar lo mucho que hoy vuestro deudor me habéis hecho!»

«No es tiempo, mi señor —le respondí—, destas ofertas do tanta voluntad de todas partes sobra. Mas entendamos en lo que conviene, pues ya veis lo que pasa.»

Metí mi espada entre el cuello y córtole un cabo de guindaleta con que estaba atado. Como fue suelto, tomó una espada a uno de nuestra compañía, y fuimos a su hembra y Melo y los otros que con él estaban, que a esta hora atónitos y fuera de sí estaban de ver lo que veían; mas, tornados en sí, comienzan a darme gracias de la buena ventura.

«Señores —yo les dije—, habéislo hecho vosotros como buenos. Yo, de aquí adelante y mientras tuviere vida, haré lo que pueda en vuestro servicio y de Licio, mi señor; y porque no hay tiempo de hablar mi hecho, mas de hacer algo, entendamos en ello, y sea que vosotros, señores, no os apartéis de nosotros, porque venís desarmados, y no recibáis daño. Y vos, señor

Melo, toma una arma y cien atunes de vuestra escuadra con sus armas, y no entendáis en otra cosa más que en seguirnos, y mira por vuestra hermana y esas otras hembras, porque nosotros llevamos acá los negocios y la victoria, y hayamos venganza de quien tanta tristeza y trabajo nos ha dado.»

Melo hizo como yo le rogué, aunque conocí dél quisiera emplearse a más peligro. Yo y el buen Licio nos tuvimos y nos metimos entre los nuestros, que andaban tan bravos y ejecutivos, que, pienso, tenían muertos más de treinta mil atunes, y como nos vieron entre sí y conocieron su capitán, nadie puede contar el alegría que sintieron. Allí el buen Licio, haciendo maravillas con su espada y persona, mostraba a los enemigos la mala voluntad que en ellos había conocido, matando y derribando a diestro y siniestro cuantos ante sí hallaba; mas a esta hora ellos iban tan maltrechos y desbaratados, que ninguno dellos entendía sino en huir y esconderse y meterse por aquellas casas sin hacer defensa alguna, más de las que las flacas ovejas suelen hacer a los bravos y carniceros lobos.

Capítulo X. Cómo recogiendo Lázaro todos los atunes, entraron en casa del traidor don Paver y allí le mataron

Visto esto, mandamos tocar las bocinas, porque los nuestros, que derramados andaban, se juntasen, al son de las cuales todos fueron juntos, y en ellos se renovó la demasiada alegría de ver a su buen capitán vivo y sano, y la victoria que de nuestros adversarios habíamos habido, porque pareció milagro, y por tal se debe tener, que casi todos los que murieron eran criados y paniaguados del mal don Paver, a los cuales había dado la guarda del buen Licio por la gran confianza que dellos tenía. Y todos ellos deseaban haber hecho en él lo que nosotros hicimos en ellos: cosa muy acaecedera, que cuando el señor es malo, los criados procuran serlo con él, y al revés, cuando el señor es piadoso, manso y bueno, los criados le procuran imitar, ser buenos y virtuosos, y amigos de justicia y paz, sin las cuales dos cosas no se puede el mundo sustentar.

Pues tornando a nuestro negocio, visto que no teníamos con quien pelear, el buen Licio y todos a grandes voces me dijeron que qué me parecía se debía hacer, que todos estaban aparejados a seguir mi consejo y parecer, pues había de ser el más acertado.

«Pues mi voto queréis, valerosos señores y esforzados amigos y compañeros —les respondí—, a mí me parece, pues Dios nos ha guardado en lo principal, así hará en lo acesorio, mayormente que tengo creído que esta victoria y buena andanza nos la ha dado para que seamos ministros de justicia, pues sabemos que a los malos desama y castiga. El mayor de los que tantas muertes ha causado no sería justo quedase con la vida, pues sabemos que la ha de emplear en maldades y traiciones. Por tanto, si así, señor, os parece, vamos a él y hagamos en él lo que en vos hacer quiso, que siempre oí decir: "de los enemigos, los menos". Que muchos grandes hechos se han perdido juntamente con los hacedores dellos por no saber dalles cabo; si no, pregúntese al gran Pompeyo, y a otros muchos que han hecho lo que él, mayormente que la ocasión no todas veces se halla. Y como libraremos por lo hecho, libraremos por lo que está por hacer.»

Todos a grandes voces dijeron ser muy bien acordado y que, antes que se escapase, diésemos sobre él. Con este acuerdo, con muy buena ordenanza y con toda presteza, llegamos a la posada del traidor, al cual a aquella hora le habían llegado las tristes nuevas de la libertad de nuestro gran capitán y de la gran matanza de los suyos. A esta sazón se le debía doblar el pesar cuando le entrasen a decir cómo le tenían cercada la casa y mataban a cuantos se defendían, y la cruel y espantosa y nunca oída manera de nuestro pelear. Él era de suyo cobarde, y es Dios testigo que no se lo levanto ni lo digo por quererlo mal, mas porque así lo vi y conocí; y como viese esto debíase de encobardar más, porque en los pusilánimos es muy acaecedero, y lo contrario en los animosos. Y así, se dio tan mala maña, que ni en escaparse ni en defenderse entendió.

La casa cerrada, Licio adelante y yo a su lado, entramos dentro con harta poca resistencia, do le hallamos casi tan muerto como le dejamos; con todo, quiso hasta su fin usar de su oficio, no de capitán, mas de traidor disimulado, porque, como así nos vio ir para él, con una vocecita y falsa riseta, haciendo del alegre, nos dijo: «Buenos amigos, ¿qué buena venida es esta?» «Enemigo —le respondió Licio—, a daros el pago de vuestro trabajo»; y como quien tenía delante la gran afrenta y peligro en que puesto le había, no curó con él de más pláticas, sino juntársele y meterle la espada tres o cuatro veces por el cuerpo. Yo no le quise ayudar ni consentir que nadie lo hiciese, por no haber dello necesidad, y también porque así convenía hacerse a la honra de Licio; por manera que, apocada y cobardemente, feneció el traidor don Paver, como él y los de sus costumbres suelen.

Salimos de su casa sin consentir que se hiciese algún daño, aunque hartos de los nuestros deseaban saquealla, en la cual había bien de que trabar, porque, aunque malo, no necio, ni tan fiel, como se cuenta de Scipión, que siendo acusado por otros no tales como él, haber habido grandes intereses de la guerra de África, mostrando en su cuerpo muchas heridas, juró a sus dioses no le haber quedado otras ganancias de las dichas guerras; las cuales heridas ni juramento no pudiera mostrar ni hacer el malo de nuestro adversario, porque siempre en la guerra lo más de lo que en ella ganaba se llevaba, y lo mejor, y con lo menos acudía al rey; y así era muy rico y tenía muy sano y entero el pellejo, que bien pienso yo que hasta el día que murió no se lo habían rompido, porque él se guardaba de hallarse en las batallas en lugar de peligro, sino a ver de lejos en qué paraba la cosa, a manera de muy cuerdo capitán. Y digo que, porque no se pensase de nosotros codicia, mas de que viesen que de sus males, y no de sus bienes, lo quesimos despojar, no se tocó en cosa alguna.

A esta hora todos los atunes que en la corte estaban y los más peces que en ella se hallaron, naturales y extranjeros, recorrieron a palacio: la vuelta fue tan grande y el ruido y voces tan espantoso, que el rey en su retraimiento lo oyó, y preguntando la causa, le dijeron todo lo pasado, de que se espantó y alteró en gran manera. Y, como cuerdo, parecióle que «Dios te guarde de piedra y dardo, y de atún denodado», determinó por entonces no salir al ruido; y así mismo mandó que nadie saliese de palacio, mas que allí se hiciesen fuertes hasta ver la intención de Licio. Y así sé yo que bien estarían en el real palacio y delante dél más de quinientos mil atunes, sin otros muchos géneros de pescados que en la corte a sus negocios asistían. Mas a mi ver, si la cosa hubiera de pasar adelante, tan poca defensa pienso tuvieran como otros. Mas Dios nos guarde, que tu ley y a tu rey guardarás.

Dejáronnos solos en la ciudad, y todos desampararon sus casas y haciendas, no se teniendo en ellas por seguros. Y los que no se iban al real palacio salíanse huyendo al campo y lugares apartados, por manera que se podrá decir: «dependen ciento de un malo, pues por aquel malo padecieron y fueron muertos y amedrentados muchos que por ventura no tenían culpa».

Mandamos pregonar que ninguno de los nuestros fuese osado de entrar en ninguna casa ni tomar un caracol que ajeno fuese so pena de muerte, y así se hizo.

Capítulo XI. Cómo, pasado el alboroto del capitán Licio, Lázaro con sus atunes entraron en su consejo para ver lo que harían, y cómo enviaron su embajada al rey de los atunes

Esto pasado, entramos en nuestro consejo para ver lo que haríamos. Algunos hubo que dijeron ser bien volvernos a nuestro alojamiento y hacernos fuertes en él, o contratar amistad y confederación con solos los que al presente teníamos por enemigos, y con vernos airados y ver nuestro gran poder, holgarían de nuestra amistad y nos darían favor. El parecer del bueno y muy leal Licio no fue este, diciendo que si esto se hiciese que haríamos verdad la enemistad y mentira de nuestro enemigo, haciéndonos fugitivos y dejando nuestro rey y naturaleza, mas que era mejor hacerlo saber al rey nuestro señor; y que si su alteza fuese bien informado de la mucha causa que hubo para lo hecho, mayormente aquella postrera y más peligrosa traición del traidor ser contra la voluntad y mando de su alteza, pues queriendo sobreser el negocio, como su alteza enviaba a mandar con el portero al alcalde, usó de mandado para que su maldad y no el querer del rey su señor fuese cumplido. Y que visto esto por su alteza, y que no había sido desacato ni atrevimiento a su real corona lo hecho, sino servicio a su justicia debido, con este parecer nos arrimamos los más cuerdos.

Pues en este consejo acordamos de enviarle con quien bien lo supiese a decir. Sobre quién había de hacer esto tuvimos diversos pareceres: porque unos decían que fuesen todos y le suplicasen se parase a una finiestra a oír; otros dijeron que parecía desacato, y era mejor ir diez o doce de nos; otros dijeron que como estaba enojado, no se desenojase en ellos. De manera que estábamos en la duda de los ratones cuando, pareciéndoles ser bien que el gato trajese al pescuezo un cascabel, contendían sobre quién se lo iría a colgar. A la fin, la sabia capitana dio mejor parecer, y dijo a su varón que si servido fuese, que ella sola con diez doncellas se quería aventurar a hacer aquella embajada, y le parecía se acertaba el negocio: lo uno, porque contra ella y sus flacas servidoras no se había el real poder de mostrar; lo otro, porque ella, por librar a su marido de muerte, tenía menos culpa que todos; y lo demás, porque pensaba sabello tan bien decir, que antes le aplacase que indignase. A nuestro capitán le pareció bien, y a todos nosotros no mal. Y ella, apartando consigo a la hermosa Luna, que así se llamaba la hermosa atuna su hermana, de quien ya dijimos, y con ellas otras nueve, las mejores de hocicos y muy bien dispuestas, se fue a palacio, y llegando a las guardas, les dijeron hiciesen saber al rey cómo la hembra de Licio su capitán le quería hablar, y que su alteza le diese a ello lugar porque convenía mucho a su real servicio, y para evitar escándalos y pacificar su corte y reino, y que por ninguna vía la dejase de oír, y que si lo hiciese haría justicia; porque ella y su marido, y los que con él estaban, lo pedían, y querían fuese bien castigado el que culpado fuese; y que si su alteza no la quería oír, que desde allí su marido Licio ponía a Dios por testigo de inocencia y lealtad, para que en ningún tiempo fuese juzgado por desleal. Y de todo esto y lo demás que había de decir y hacer la señora capitana iba bien informada; y ella que sabía muy bien hablar, llegada al rey esta nueva, aunque muy airado estaba, mandó que le diesen lugar y entrase segura. Y puesta ante él, haciendo el acatamiento, antes que comenzase su habla, el rey le dijo: «¿Paréceos, dueña, que le ha salido a vuestro marido buena obra de entre las alas?».

«Señor —dijo ella—, vuestra alteza sea servido de oírme hasta dar fin a mi habla, y después mande lo que servido fuere, y cumplirse ha todo lo mandado por vuestra alteza sin faltar un punto.»

El rey dijo que dijese, aunque tiempo de más reposo era menester para oírla. La discreta señora, cuerda y muy atentamente, en presencia de muchos grandes que con él estaban, los cuales a aquella sazón debían de estar bien pequeños, comenzando del comienzo, muy por extenso dio cuenta al rey de todo lo que hemos contado, contando y afirmando ser así verdad, y si un punto dello saliese en todo lo que decía, fuese della cruel justicia hecha, como de inventora de falsedad ante la real presencia; y así mismo, Licio, su marido, y sus valedores fuesen sin dilación justiciados. El rey le respondió: «Dueña, yo estoy al presente tan alterado de ver y oír lo que se ha hecho; por ahora no os respondo más de que os volváis para vuestro marido, y decille heis, si le parece estalle bien, que levante el cerco que sobre mí tiene, y deje a los vecinos deste pueblo sus moradas; y mañana volveréis acá y daráse parte del negocio a los de mi consejo, y hacerse ha lo que fuere justicia».

La señora capitana, aunque desta respuesta no llevaba minutas, no le quedó en el tintero la buena y conviniente respuesta, y dijo al rey: «Señor, mi marido, ni los que con él vienen, no tienen cerco sobre vuestra real persona, y así mismo, él ni nadie de su compañía en casa alguna ha entrado, sino en la de don Paver. Y así los vecinos y moradores de aquí no se quejarán con razón que en sus casas les han hecho menos una toca. Y si están en el pueblo, es esperando lo que vuestra alteza les manda hacer, y para esto es mi venida. Y no quiera Dios que en Licio ni en los que con él vienen haya otro pensamiento, porque todos son buenos y leales».

«Dueña —dijo el rey—, por ahora no hay más que responder.»

Ella y sus dueñas, haciendo su debida mesura con gentil continente y reposo, se volvió a nosotros, y sabida la voluntad del rey, a la hora salimos de la ciudad con muy buena ordenanza, y nos metimos en el monte; mas no muy muertos de hambre, porque dimos en nuestros enemigos muertos, y aún mandamos llevar a los desarmados bastimentos para nuestros tres o cuatro días, con quedar tanto que tuvo toda la ciudad y corte hartazgo, y mal pecado no rogasen a Dios que cada ocho días echase allí otro tal nublado, guardando al que rogaba.

La ciudad desembarazada de los nuestros, los moradores della cada cual se volvió a su posada, las cuales hallaron como las dejaron, y el rey mandó que le trajesen lo que en la posada del muerto gran capitán hallasen: y fue tanto y tan bueno, que no había rey en el mar que más y mejores cosas tuviese, y aun fue esto harta parte para que el rey diese crédito a sus maldades, por parecelle no podía tener lo que se halló con justo título, sino habido mal y cautelosamente, y hurtándoselo a él.

Después desto entró en su consejo, y como quiera que a do hay malos alguna vez se halla algún bueno, debiéronle decir que si era así como la parte de Licio decía, no había sido muy culpado en su hecho, mayormente pues su alteza había mandado no hiciesen dél al presente justicia hasta ser bien informado de su culpa. Junto con esto, el portero que el mandato llevó, declaró la cautela que el cauteloso con él había usado; y cómo le metió en su posada y engañó diciendo estar ahí los jueces, y cómo no los dejó salir della, y la diligencia que hizo allí. Y los alcaldes ante el rey dijeron cómo era verdad que el capitán general les había enviado a decir que su alteza les mandaba que luego, a la hora, hiciesen la justicia, y por dar en ello más brevedad no le trajeron, como se suele hacer, por las acostumbradas calles; y que ellos, creyendo que aquel fuese el mandado de su alteza, lo habían mandado degollar. Por manera que el rey conoció la gran culpa de su capitán y fue cayendo en la cuenta; y cuanto más en ello miraba, más se manifestaba la verdad.

Capítulo XII. Cómo la señora capitana volvió otra vez al rey, y de la buena respuesta que trazo

Así tuvimos aquel día y la noche en el monte no muy descansados; y otro día la señora capitana con su compañía tornó a palacio. Y por evitar prolijidad, el señor nuestro rey estaba ya harto más desenojado, y la recibió muy bien, diciéndole: «Buena dueña, si todos mis vasallos tuviesen tan cuerdas y sabias hembras, por ventura, en sus bienes y honra aumentarían, y yo me ternía por bienandante. Digo esto porque, en verdad, viendo vuestra cordura y sabias razones, habéis aplacado mi enojo y librado a vuestro marido y sus secaces de mi ira y desgracia. Y porque de ayer acá yo estoy informado mejor que estaba, decidle que sobre mi palabra venga a esta corte seguro él y toda su compañía y amigos; y por evitar escándalos, por el presente, le mando tenga su posada por cárcel hasta que yo mande otra cosa. Y vos visitadnos a menudo, porque huelgo mucho en ver y oír vuestro buen concierto y razonamiento».

La señora capitana le besó la cola, dándole gracias de tan crecidas mercedes como muy bien supo, y así se volvió a nos con muy alegre respuesta, aunque a algunos les pareció no lo debíamos hacer, diciendo ser mañosamente hecho para cogernos. A la fin, como leales, acordamos de cumplir el mandado de nuestro rey, y ahincando sobre una prenda, que eran nuestras bocas, en las cuales confiábamos cuando nuestra lealtad no nos valiese, luego movimos para la ciudad y entramos en ella acompañados de muchos amigos, que entonces se nos mostraban con ver nuestro hecho bien hilado y antes desto no se osaban declarar por tales, conforme al dicho del sabio antiguo que dice así:

Cuando Fortuna vuelve enviando algunas adversidades espanta a los amigos que son fugitivos, mas la adversidad declara quién ama o quién no.

Fuimos a posar a un cabo de la ciudad lo más despoblado y sin embarazos que hallamos, donde estaban hartas casas sin moradores de los que nosotros sin vida hicimos. Allí aposentamos lo más congregado que pudimos, y mandamos que no saliese a la ciudad ninguno de nuestra capitanía, por parecer se hacía cumplidamente lo que su alteza mandó. En este medio, la señora capitana visitaba cada día al rey, con la cual él trabó mucha amistad, más de la que yo quisiera, aunque todo, según pareció, fue agua limpia, pagando la hermosa Luna con su inocente sangre, gentil y no tocado cuerpo. Porque como ella iba con su hermana a aquellas estaciones, y como suelen decir: «De tales romerías, tales veneras», el rey se pagó della tanto, que procuró con su voluntad haber su amor, y bien creo yo, la hermosa Luna no lo hizo con consejo y parecer de su hermana, y así fue dello sabidor el buen Licio, porque casi me lo declaró pidiéndome mi parecer. Yo le dije me parecía no ser mucho yerro, mayormente que sería gran parte y el todo de nuestra deliberación. Y así fue, que la señora Luna privó tanto con su alteza, y él fue della tan pagado, que a los ocho días de su real ayuntamiento pidió lo que pidió, y fuimos todos perdonados.

El rey alzó el carcelaje a su cuñado. Mandó que todos fuésemos a palacio. Licio besó la cola del rey, y él se la dio de buena gana, y yo hice lo mismo, aunque de mala gana en cuanto hombre por ser el beso en tal lugar. Y el rey nos dijo: «Capitán, yo he sido informado de vuestra lealtad y de la poca de vuestro contrario, por tanto, desde hoy sois perdonado vos y todos los de vuestra compañía, amigos y valedores que en el caso pasado os dieron favor y ayuda. Y para que de aquí adelante asistáis en nuestra corte, os hago merced de las casas y de lo que en ellas está del que permitió Dios las perdiese, y la vida con ellas; y os hago merced del mismo oficio que él tenía de nuestro capitán general, y de hoy más lo ejerced y usad como sé que bien sabéis hacer». Todos nos humillamos ante él y Licio le tornó a besar la cola, rindiéndole grandes loores por tantas mercedes, diciendo que confiaba en Dios le haría con el cargo tales y tan leales servicios, que su alteza tuviese por bien habérselas hecho.

Aquel día fue informado el rey nuestro señor del pobre Lázaro atún, aunque a esta sazón estaba tan rico y alegre de verlos ser amigos, que me parece jamás haber habido tal alegría. El rey me preguntó muchas cosas, y en lo de las armas cómo había hallado la invención dellas; y a todo le respondí lo mejor que supe. Finalmente, se holgó, y preguntó con qué número de peces pensaría pelear con los armados que traíamos. Yo le respondí: «Señor, sacada la ballena, a todo el mar junto osaré esperar y pensaré ofender». Espantóse desto, y díjome que holgaría si hiciésemos una muestra ante él por ver el modo que teníamos de pelear. Acordóse que el día siguiente se hiciese y que él saldría al campo a verlos. Y así fue que Licio, nuestro general, y yo y los demás salimos con todos los armados de nuestra compañía; y ordené aquel día una buena invención, y aunque acá ya los soldados la usan, hícelos poner en ordenanza, y así pasamos ante su alteza y hicimos nuestro caracol; y aunque el coronel Villalba y sus contemporáneos lo debían hacer mejor y con mejor concierto, a lo menos para el mar, y como no habían visto estar ordenados escuadrones, parecióles a los que los veían maravillosa cosa.

Después hice un escuadrón de toda la gente, poniendo los mejores y más armados en las primeras hileras, y hice a Melo que con todos los desarmados y con otros treinta mil atunes saliesen a escaramuzar con nosotros, los cuales nos cercaron de todas partes, y nosotros muy en orden, nuestro escuadrón bien cerrado, comenzamos a defendernos y herir y ofenderlos de manera que no bastara todo el mar a entrarnos.

El rey vio que yo había dicho verdad y que de aquel modo no podíamos ser ofendidos, y llamó a Licio y le dijo: «Maravillosa manera se da este vuestro amigo en las armas; paréceme es esta manera de pelear para señorear todo el mar».

«Sepa vuestra alteza que es así verdad —le dijo el capitán general—; y cuanto a la buena industria del extraño atún, mi buen amigo, no puedo creer sino que de Dios viene, y que lo ha acarreado en estas partes para gran pro a honra de vuestra alteza y aumento de sus reinos y tierras. Crea vuestra grandeza que lo menos que en él hay es esto, porque son tantas y tan excelentes las partes que tiene, que nadie basta a las decir: el más cuerdo y sabio atún que hay en el mar, virtuoso y honrado, y el atún de más verdad y fidelidad, el más gracioso y de buenas maneras es que yo jamás he oído decir. Finalmente, no tiene cosa de echar a mal, y vuestra alteza piense no me hace decir esto la voluntad que le tengo, sino la mucha verdad que en decillo digo.»

«Por cierto, mucho debe a Dios —dijo el rey— un atún que así con él partió sus dones; y pues me decís ser tal, justo es le hagamos honra, pues a nuestra corte ha venido. Sabed dél si querrá quedar con nos, y rogádselo mucho de vuestra parte y de la mía, que podrá ser no se arrepienta de nuestra compañía.»

Capítulo XIII. Cómo Lázaro asentó con el rey, y cómo fue muy su privado

Pasado esto, el general tomó cargo de me lo decir, y el rey se volvió muy contento a la ciudad, y nosotros también. Después el capitán me habló diciendo lo que con el rey había pasado y cómo deseaba que le sirviese, y todo lo demás. Finalmente yo fui rogado, y mucho a mi honra hice mi asiento.

Veis aquí vuestro pregonero de cuantos vinateros en Toledo había, hecho el mayor de la casa real, dándome cargo de la gobernación della, y andaos a decir donaires. Di gracias a Dios porque mis cosas iban de bien en mejor y procuré servir a mi rey con toda diligencia, y en pocos días casi lo era yo, porque ningún negocio de mucha o poca calidad se despachaba sino por mi mano y como yo quería. Con todo esto, no dejé sin castigo a los que lo merecían, y por mis mañas supe cómo y de qué manera la sentencia de Licio se había dado tan injustamente, aunque al presente el rey había puesto silencio en el caso por ser el capitán pece de calidad y muy emparentado. De que me vi en alto, presumí de repicar las campanas, y dije al rey que aquel había sido un caso feo y no digno de disimularle, porque era abrir puerta a la justicia; por tanto, que a su servicio cumplía fuesen castigados los que tuviesen culpa.

Cometiólo su alteza a mí, como todo lo demás, y yo los cometí de tal suerte que hice prender todos los falsarios, que muy descuidados estaban, y puestos a cuestión de tormentos, confesaron haber jurado falso en dichos y condenación que al buen Licio se hizo. Preguntándoles por qué lo hicieron, o qué les dio el mal capitán general porque lo hiciesen, respondieron no les haber dado ni prometido, ni eran sus amigos ni servidores. ¡Oh desalmados pecadores! ¡Oh litigantes, y hombres que os quexáis que vuestro contrario hace mala probanza con número de testigos falsos que tiene granjeados para sus menesteres! Venid, venid al mar, y veréis la poca razón que tenéis de os quexar en la tierra, porque si ese vuestro adversario presentó testigos falsos y les dio algo por ello, o lo prometió, y ser antes sus amigos, por quien el otro día era otro tanto; mas estos infieles peces, ni promesa, ni gualardón, ni amistad lo hace hacer, y así son más de culpar y dignos de gran castigo, y así fueron ahorcados. Supe más: el escribano ante quien pasaba la causa ningún escrito que por parte de Licio se presentó ni auto que en su defensa hiciesen admitía ni quería recibir.

«¡Oh desvergüenza —dije yo—, y cómo se sufría en la tierra!»

Por cierto, ya que el escribano fuera favorable y hiciera lo demás honestamente tomando las escrituras, y después no las pusiera en el proceso, mas hiciéralas perdedizas; mas ese otro hecho es el diablo, y así mismo se hizo dél justicia.

Súpose cómo no fue agua limpia la mucha brevedad que se tuvo en sentencialle, y yo culpé mucho a los ministros, diciéndoles: «Un pleito de dos pajas no le determinaré en un año ni en diez, ni aun en veinte, ¿y la vida y honra de un noble pece deshacéis en una hora?». Diéronme no sé qué escusas las cuales no les escusaran de pena, sino que el rey mandó expresamente hubiese con ellos disimulación por lo que tocaba al real oficio, y así lo hice. Mas bien sentía había andado en medio dellos y del mal general el generoso y gracioso brazo que es el que suele bajar los montes y subir los valles, y a donde esto entra todo lo corrompe; por la cual causa el rey de Persia dio un cruel castigo a un mal juez, haciéndole desollar, y teniendo tendida la pierna en la silla judicial hizo sentar en ella a un hijo del mal juez; y así, el rey bárbaro proveyó por maravillosa y nueva forma que ningún juez, dende adelante, no fuese corrompido.

En este propósito decía el otro que do afición reina, la razón no es entendida; y que el buen legista pocas cosas puede cometer a los jueces, mas determinallas por leyes, porque los jueces muchas veces son pervertidos o por amor o por odio, o por dádivas; por lo cual son inducidos a dar muy injustas sentencias, y por tanto dice la Escritura:

«Juez, no tomes dones, que ciegan a los prudentes y tornan al revés las palabras de los justos.»

Esto aprendí de aquel mi buen ciego, y todo lo demás que sé en leyes, que cierto sabía, según él decía, más que Bartolo, y que Séneca en doctrina. Mas por hacer lo que tengo dicho que el rey me mandó, pasé por ello harto a mi pesar.

En tanto que esto pasaba, el general por mandado del rey había ido con grande ejército a hacer guerra a los sollos, los cuales presto venció, poniendo su rey dellos en subjeción, y quedó obligado a dalle cada un año largas parias, entre las cuales daban cien sollas vírgines y cien sollos, los cuales, por ser de preciado sabor, el rey comía, y las sollas tenía para su pasatiempo. Y después nuestro gran capitán fue sobre las toñinas, y las venció y puso bajo nuestro poderío. Creció tanto el número de los armados y pujanza de nuestro campo, que teníamos sujetos muchos géneros de pescados, los cuales todos contribuían y daban parias, como hemos dicho, a nuestro rey.

Nuestro gran capitán, no contento con las victorias pasadas, armó contra los cocodrilos, que son unos peces fierísimos y viven a tiempo en tierra y a tiempo en agua; y hubo con ellos muchas batallas campales y aunque algunas perdió, de las más salió con victoria; mas no era maravilla perder algunas, porque, como dije, estos animales son muy feroces, grandes de cuerpo: tienen dientes y colmillos, con los cuales despedazan cuantos se topan delante, y con toda su ferocidad, los nuestros los hubieran desbaratado muchas veces, sino que cuando se veían de los nuestros muy apremiados, dejaban el agua y íbanse en tierra, y así escapaban. Y al fin el buen Licio los dejó, con haber hecho en ellos gran matanza, y él, así mismo, recibió gran daño y perdió al buen Melo, su hermano, que fue para el ejército harta tristeza. Mas, como muriese como bueno, fuenos consuelo, porque se averiguó que, antes que lo matasen, mató con su persona y con su buena espada, de la cual era muy diestro, más de mil cocodrilos, y aun no lo mataran, sino que yendo ellos huyendo a tierra y él tras ellos en el alcance, no mirando el peligro, dio en tierra, y allí encalló, y como no le pudieron los suyos socorrer, los enemigos le hicieron pedazos. Finalmente, el buen Licio vino de la guerra el más estimado pece que había vivido en agua del mar estos diez años, trayendo grandes riquezas y despojos, con los cuales enteramente acudió al rey sin tomar para sí cosa alguna. Su alteza lo recibió con aquel amor que era justo a pece que tanto le había servido y honrado, y partió con él muy largo. Hizo mercedes muy cumplidas a los que le habían seguido, por manera que todos quedaron contentos y pagados.

El rey, por mostrar favor a Licio, puso luto por Melo y lo trajo ocho días, y todos lo trajimos. Porque sepa Vuestra Merced el luto que se pone entre estos animales cuando tienen tristeza, que en señal de luto y pasión no hablan, sino por señas han de pedir lo que quieren. Y esta es la forma que entre ellos se tiene cuando muere el marido o la mujer o hijo, o principal persona valerosa; y guárdase en tanta manera, que se tenía por gran ignominia, y la mayor del mar, si trayendo luto hablasen hasta tanto que el rey se lo enviase a mandar al apasionado, que le mandaba que alce el llanto, y entonces hablan como de antes.

Yo supe entre ellos que por muerte de una dama que un varón tenía por amiga, puso luto en su tierra que duró diez años, y no fue el rey bastante a se lo hacer quitar, porque todas las veces que se lo enviaba a decir que lo quitase, le enviaba a suplicar le mandase matar, mas que quitallo era por demás. Y contáronme otra cosa de que gusté mucho: que viendo los suyos tan gran silencio, unos a un mes, otros a un año, otros a dos, cada uno según tenía la gana de hablar, se le fueron todos, que un atún no le quedó; y con esto le duró tanto el luto, que aunque que quisiera quitallo, no tenía con quien. Cuando esto me contaba, pasaba yo por la memoria unos hombres parlones que yo conocía en el mundo, que jamás cerraban la boca ni dejaban hablar a nadie que con ellos estuviese, sino un cuento acabado y otro comenzado; y hartas veces, porque no les tomasen la mano, los dejaban a medio tiempo y tornaban a otro, y hasta venir la noche que los despartiese como batalla, no hubiésedes miedo que ellos acabasen. Y lo peor, que no veen estos cuán molestos son a Dios y al mundo, y aun pienso que al diablo, porque, de parte de ser sabio, huiría destos necios, pues cada semejante quiere a su semejante. ¡Vasallos destos varones los vea yo, y que se les muera el amiga, porque me vengue dellos!

Capítulo XIV. Cómo el rey y Licio determinaron de casar a Lázaro con la linda Luna, y se hizo el casamiento

Pues tornando a nuestro negocio, y siendo pasado el luto y tristeza que todos tuvimos por la muerte de Melo, el rey mandó con gran diligencia se entendiese en rehacer el número de los armados y en buscar armas donde se hallasen, y así se hizo.

En este tiempo, pareció a su alteza ser bien casarme, y comunicólo con el buen Licio, al cual dio el cargo del negocio, y él se quisiera eximir dello, según que dél supe, mas por complacer al rey no osó hacer otra cosa. Y díjomelo con alguna vergüenza, diciendo que él veía yo merecer más honra, según la mucha mía, mas que el rey le había mandado expresamente que él fuese el casamentero. Finalmente, dan la ya no tan hermosa ni tan entera Luna por mía.

«En dicha me cabe —dije entre mí—; para jugador de pelota no valdría un clavo, pues maldito el voleo alcanzo, sino de segundo bote, y aun plega a Dios no sea de más; con todo, a subir acierto: razón es de arcipreste a rey haber salto.»

Al fin lo hice, y mis bodas fueron hechas con tantas fiestas como se hicieran a un príncipe, con un vizcondado que con ella el rey me dio, que a tenerlo en tierra me valiera harto más que en la mar. Al fin, del extremo atún, subí mi nombre a su señoría, a pesar de gallegos.

Desta manera se estaba mi señoría triunfando la vida, y con mi buena y nueva Luna muy bien casado, y muy mejor con mi rey, y no descuidándome de su servicio, pensando siempre cómo le daría placer y provecho, pues le debía tanto; y con esto, en ningún tiempo y lugar lo veía que no se lo alegase, fuese como fuese, y diese do diese, guardándome mucho de no decirle cosa que le diese pena y enojo, teniendo siempre ante mis ojos lo poco que privan ni valen con señores los que dicen las verdades. Acordéme del tratamiento que Alexandro hizo al filósofo Calístenes por se las decir, y con esto nada me sucedía mal. Tenía a grandes y pequeños tan so mano, que en tanto tenían mi amistad como la del rey.

En este tiempo, pareciéndome conformar el estado del mar con el de la tierra, di aviso al rey diciéndole sería bien, pues tiene el trabajo, que tuviese el provecho, y era que hasta entonces la corona real no tenía otras rentas sino solamente de treinta partes la una de todo lo que se vendía; y cuando tenía guerra justa y conveniente a su reino, dábanle los peces necesarios para ella, y pagábanselos; y solos diez pescados para su plato cada día. Yo le impuse en que le pechasen todos cada uno un tanto y que fuesen los derechos como en la tierra, y que le diesen para su plato cincuenta peces cada día. Puse más: que cualquiera de sus súbditos que se pusiese don sin venirle por línea derecha, pagase un tanto a su alteza; y este capítulo me parece fue muy conveniente, porque es tanta la desvergüenza de los pescados, que buenos y ruines, bajos y altos, todos dones: don acá y don acullá, doña nada y doña nonada. Hice esto acordándome del buen comedimiento de las mujeres de mi tierra, que ya que alguna caiga por desdicha en este mal latín, o será hija de mesonero honrado o de escudero, o casó con hombre que llaman su merced, y otras desta calidad que ya que pongan el dicho don, están fuera de necesidad; mas en el mar no hay hija de abacera que si casase con quien no sea oficial, no presuma, dende a ocho días, poner un don a la cola, como si aquel don les quitase ser hijas de personas no honestas y que no lo tenían; y que no lo tener muchas dellas, serían, por ventura, en más tenidas, porque no darían causa que les desenterrasen sus padres y traigan a la memoria lo olvidado; y sus vecinos no tratarían ni reirían dellas, ni de su merced, que se lo consiente poner; y a ellas de suyo sabemos no ser macizas. Mas en esto ellos se muestran más bravos y livianos. Pareció bien al rey rentándole harto, aunque de allí adelante, como costaba dineros, pocos dones se hallaban.

Destas y de otras cosillas, y nuevas imposiciones más provechosas al rey que al reino, avisé yo. El rey, con verme tan solícito en su servicio, tampoco era perezoso en las mercedes, antes eran muy contentas y largas. Aprovechéme en este tiempo de mi pobre escudero de Toledo, o por mejor decir, de sus sagaces dichos, cuando se me quexaba no hallar un señor de título con quien estar, y que si lo hallara le supiera bien granjear, y decía allí el cómo, del cual yo usé, y fue para mí muy provechoso, especialmente un capítulo della que fue muy avisado en no decir al rey cosa con que le pesase, aunque mucho le cumpliese andar a su favor, tratar bien y mostrar favor a los que él tenía buena voluntad, aunque no lo mereciesen; y, por el contrario, a los que no la tenía buena, tratándolos mal, y decir dellos males, aunque en ellos no cuplesen, no yéndoles a la mano a lo que quisiesen hacer, aunque no fuese bueno. Acordéme del dicho Calístenes, que por decir verdades a su amo Alejandro, le mandó dar cruelísima muerte, aunque ésta debría tenerse por vida, siendo tan justa la causa: ya no se usa sino vivir, sea como quiera, de manera que yo me arrimaba cuanto podía a este parecer, y desta suerte cayóse la zopa en la miel y mi casa se henchía de riqueza; mas aunque yo era pece, tenía el ser y entendimiento de hombre, y la maldita codicia que tanto en los hombres reina, porque un animal dándole su cumplimiento de lo que su natural pide no desea más ni lo busca. No dará el gallo nada por cuantas perlas nacen en oriente, si está satisfecho de grano; ni el buey por cuanto oro nace en las Indias, si está harto de yerba, y así todos los demás animales; solo el bestial apetito del hombre no se contenta ni harta, mayormente si está acompañado de codicia. Dígolo porque con toda mi riqueza y tener, porque apenas se hallaba rey en el mar que más y mejores cosas tuviese, fui aguijonado de la codicia hambrienta, y no con lícito trato: con esto hice armada para que fuese a los golfos del León y del Yerro, y a otros despaché a los bancos de Flandes, do se perdían naos de gentes, y a los lugares do había habido batallas, do me trajeron grande cantidad de oro, que en solo doblones pienso me trajeron más de 500.000.

Reíase mucho el rey de que me veía holgar y revolcar sobre aquellos doblones, y preguntábame que para qué era aquella nonada, pues ni era para comer ni traer. Dije yo entre mí: «Si tú lo conocieses como yo, no preguntarías eso». Respondíale que los quería para contadores, y con esto se satisfacía. Y después que a la tierra vine, como adelante diré, maldito aquel de mis ojos pude ver, y es que todos los que había me los trajeron allí en el mar y así acá no anda ya ninguno; y si los hay débenlo tener en otro tan hondo y escondido lugar.

Harto yo deseaba, si ser pudiera, hallar una nao que cargara dellos, aunque le diera la mitad de mi parte al que me los diera a la mi Elvira en Toledo, para con que casar a la mi niña con alguno, que bien seguro estaba haber hartos que no me la desecharan por ser hija de pregonero; y con esta gana salí dos o tres veces tras naos que venían de levante, dándoles gritos sobre el agua que esperasen, pensando me entenderían y imaginarían, y aunque no fuesen fieles mensajeros en llevar el tesoro o parte dél a Toledo, con que lo aprovechasen hombres me contentaba por el amor que yo tenía a la humana naturaleza; mas luego que los llamaba o me veían, me arrojaban arpones o dardos para me matar, y con esto tornábame a mi menester y bajaba a ver mi casa. Otras veces deseaba que Toledo fuera puerto de mar para podelle henchir de riquezas, porque no fuera menos de haber mi mujer y hija alguna parte. Y con estos y otros deseos y pensamientos pasaba mi vida.

Capítulo XV. Cómo andando Lázaro a caza en un bosque, perdido de los suyos, halló la Verdad

Como yo me perdí de los míos, hallé la Verdad, la cual me dijo ser hija de Dios y haber bajado del cielo a la tierra por vivir y aprovechar en ella a los hombres, y cómo casi no había dejado nada por andar en lo poblado, y visitado todos los estados grandes y menores; y ya que en casa de los principales había hallado asiento, algunos otros la habían revuelto con ellos, y por verse con tan poco favor se había retraído a una roca en la mar.

Contóme cosas maravillosas que había pasado con todos géneros de gentes, lo cual, si a Vuestra Merced hubiese de escribir, sería largo y fuera de lo que toca a mis trabajos. Cuando sea Vuestra Merced servido, si quisiere, le enviaré la relación de lo que con ella pasé. Vuelto a mi rey, le conté lo que con la Verdad había pasado.

Capítulo XVI. Cómo, despedido Lázaro de la Verdad, yendo con las atunas a desovar, fue tomado en las redes y volvió a ser hombre

Yéndome a la corte consolado con estas palabras viví alegre algunos días en el mar. En este medio, se llegó el tiempo que las atunas habían de desovar, y el rey me mandó que yo fuese aquel viaje, porque siempre con ellas enviaba quien las guardase y defendiese, y al presente el general Licio estaba enfermo, el cual, si bueno estuviera, sé que hiciera este camino. Y después que yo estaba en el mar, había ido dos o tres veces, porque cada año una vez iban en la dicha desovación. De manera que en el dicho ejército llevé conmigo dos mil armados, y en mi compañía fueron más de quinientas mil atunas que se hallaron preñadas.

Despedidos del rey, tomamos nuestro camino y, nuestras jornadas contadas, dimos con nosotros en el estrecho de Gibraltar, y aquel pasado, venimos a Conil y a Vexer, lugares del duque de Medina Sidonia, do nos tenían armado. Yo fui avisado de aquel peligro y cómo allí se solía hacer daño en los atunes, y aviséles se guardasen. Mas como fuesen ganosas de desovar en aquella playa y ella fuese para ello aparejada, por bien que se guardaron, en ocho días me faltaron más de cincuenta mil atunas. Y visto el daño cómo se hacía, acordamos los armados de meternos con ellas en la playa y, mientras desovaban, si prenderlas quisiesen, herir en los salteadores y en sus redes, y hacérselas pedazos. Mas salións al revés con la fuerza y maña de los hombres, que es otra que la de los atunes; y así nos apañaron a todos con infinitas dellas en una redada, sin recibir casi daño de nos, antes ganancia, que, como mis compañeros se vieron presos, desmayaron, y por dar gemidos, desampararon las armas, lo cual yo no hice, sino con mi espada me asieron, habiendo con ella hecho harto daño en las redes, juntamente conmigo a mi buena y segunda mujer.

Los pescadores, admirados de verme así armado, me procuraron quitar el espada, la cual yo tenía bien asida, mas tanto por ella tiraron, que me sacaron por la boca un brazo y mano, con la cual yo tenía bien asida el espada, y me descubrieron por la cabeza la frente y ojos y narices y la mitad de la boca. Muy espantados de tal acaecimiento, me asieron muy recio del brazo, y otros, trabándome de la cola, me comienzan a sacar como a cuero atestado en costal. Miré y vi cabe mí la mi Luna muy afligida y espantada, tanto y más que los pescadores, a los cuales, comenzando a hablar en lengua de hombre, yo dije: «Hermanos, encárgoos las conciencias, y no se atreva alguno a visitarme con el brazo del mazo, ca sabed que soy hombre como vosotros; mas acabad de quitar la piel, y sabréis de mí grandes secretos».

Esto dije porque aquellos mis compañeros estaban cabe mí muchos dellos muertos, hechos pedazos los testuces con unos mazos que, los de la jábega en sus manos, para aquel menester traían. Y así mismo les rogué por gentileza que a aquella atuna que cabe mí estaba diesen libertad, porque había sido mi compañera y mujer gran tiempo. Ellos, en gran manera alterados en verme y oírme, hicieron lo que les rogué.

Al tiempo que la mi compañera de mí partía llorando y espantada, yo le dije en lengua atunesa: «Luna mía y mi vida, vete con Dios, y no tornes a ser presa, y da cuenta de lo que vees al rey y a todos mis amigos, y ruégote que mires por mi honra y la tuya». Ella, sin me dar respuesta, saltando en el agua se fue muy espantada.

Sacáronnos de allí a mí y a mis compañeros, que veía a mis ojos matar y hacer pedazos a la lengua del agua, y a mí teníanme echado en el arena medio hombre y medio atún, como he contado, y con harto miedo si habían de hacerme cecina. Acabada la pesca aquel día, habiéndome preguntado, yo díjeles la verdad, y rogándoles me sacasen del todo, lo cual ellos no hicieron. Mas aquella noche me cargan en un acémila y dan conmigo en Sevilla, y pónenme ante el ilustrísimo duque de Medina: fue tanta la admiración que con mi vista ellos y los que me veían sentían y sintieron, que en grandes tiempos no vino a España cosa que tanto espanto pusiese. Tuviéronme en aquella pena ocho días, en los cuales supieron de mí cuanto había pasado.

A cabo de este tiempo, sentí a la parte que de pece tenía detrimento y que se estragaba por no estar en el agua, y supliqué a la señora duquesa y a su marido que, por amor de Dios, me hiciesen sacar de aquella prisión, pues a su alto poder había venido; y dándoles cuenta del detrimento que sentía, holgaron de lo hacer. Y fue acordado que diesen pregón en Sevilla para que viniesen a ver mi conversión, y en una plaza que ante su casa está, hecho un cadalso, porque todos me viesen allí, fue juntada Sevilla; y desque la plaza se hinchió, por calles y tejados y terrados no cabía la gente. Luego mandó el duque que fuesen por mí y me sacasen de una jaula que luego que vine del mar me hicieron, do estuve; y fue bien pensado, porque, según la multitud de las gentes que siempre me acompañaban, si no hubiera verjas en medio de mí y dellos, ahogáranme sin falta.

«¡Oh gran Dios! —decía—, ¿qué es lo que en mí se ha renovado? Porque, hombre en jaula, ya lo he visto estar, y mucho a su pesar, y aves; pescado, nunca lo vi.»

Así me sacaron y llevaron en un pavés con cincuenta alabarderos que delante de mí iban apartando la gente, y aún no podían.

Capítulo XVII. Que cuenta la conversión hecha en Sevilla, en un cadalso, de Lázaro atún

Pues puesto en el cadalso, y allí, tirándome unos por la parte de mi cuerpo que de fuera tenía, otros por la cola del pescado, me sacaron como el día que mi madre del vientre me echó, y el atún se quedó solamente siendo pellejo. Diéronme una capa con que me cobrí, y el duque mandó me trajesen un vestido suyo de camino, el cual, aunque no me arrastraba, me vestí, y fui tan festejado y visitado de gentes, que en todo el tiempo que allí estuve casi no dormí, porque de noche no dejaban de me venir a ver y a preguntar, y el que un rato de auditorio conmigo tenía se contaba por muy dichoso.

Al cabo de algunos días, después que del todo descubrí mi ser, caí enfermo, porque la tierra me probó, y como estaba hecho al mantenimiento marino y el de la tierra es de otra calidad, hizo en mí mudanza, y pensé cierto que mis trabajos con la vida habían acabado. Quiso Dios deste trabajo con los demás librarme, y desque me vi para poder caminar, pedí licencia a aquellos señores, la cual de mala gana alcancé, porque me pareció quisieran tenerme consigo por oír las maravillosas cosas que me acontecieron, y las más que yo glosaba, a las cuales me daban entero crédito con haber visto en mí tan maravillosa mudanza.

Mas en fin, sin embargo desto, diéronme la dicha licencia y me mandaron magníficamente proveer para mi camino; y así di conmigo en Toledo, víspera de la Asumpción que pasó, el más deseoso hombre del mundo de ver a mi mujer y a mi niña, y dalle mil abrazos, la cual manera de retozo para cuatro años iba que no lo usaba, porque en el mar no se usa, que todo es hocicadas.

Entré de noche y fuime a mi casilla, la cual hallé sin gente; fui a la de mi señor el arcipreste, y estaban ya durmiendo, y tantos golpes di que los desperté, preguntándome quién era, y diciéndolo, la mi Elvira muy ásperamente me respondió a grandes voces: «Andad para beodo, quien quiera que sois, que a tal hora andáis a burlar de las viudas. A cabo de tres o cuatro años que al mi mal logrado llevó Dios y hundió en la mar a vista de su amo y de otros muchos que lo vieron ahogar, venís ahora a decir donaires»; y tórnase a la cama sin más me oír ni escuchar.

Torné a llamar y dar golpes a la puerta, y mi señor, enojado, se levantó y púsose a la ventana, y a grandes voces comenzó a decir: «¿Qué bellaquería es esa y qué gentil hecho de hombre de bien? Querría saber quién sois para mañana daros el pago de vuestra descortesía, que a tal hora andáis por las puertas de los que están reposando dando aldabadas y haciendo alborotos con los cuales quebráis el sueño y reposo».

«Señor —dije yo—, no se altere vuestra merced, que si quiere saber quién soy, también yo lo quiero decir: vuestro criado Lázaro de Tormes soy.»

Apenas acabé de decillo cuando siento pasar cabe las orejas un guijarro pelado con un zumbido y furia, y tras aquel, otro y otro, los cuales, dando en los que en el suelo estaban con lo que la calle estaba empedrada, hacía saltar vivo fuego y ásperas centellas. Visto el peligro, que no esperaba razones, tomé la calle a abajo ante los ojos, y a buen paso me alejé, y él quedó desde su ventana dando grandes voces, diciendo: «Veníos a burlar y veréis cómo os irá».

Eché seso a montón, y parecióme tornar a probar la ventura porque yo no me quería descubrir a nadie, y por ser ya muy noche, determiné de pasar lo que quedaba della por allí, y venida la mañana, irme a casa. Mas no me acaeció así, porque, dende a poco, pasó por donde yo estaba un alguacil que andaba rondando y, tomándome la espada, dio conmigo en la cárcel; y, aunque yo conocía a algunos de los gentiles hombres que de porquerones lo acompañaban, y los llamé por sus nombres y dije quién era: y reíanse de mí diciendo que más de tres años había que el que yo decía ser era muerto en lo de Argel, y así dan conmigo en la cárcel, y allí me tomó el día, el cual venido, cuando los otros se visten y aderezan para ir a la iglesia a holgar una tan solemne fiesta, pensando yo haría lo mismo, porque luego sería conocido de todos, entró el alguacil que me había preso y, echándome grillos a los pies y una buena cadena gruesa a la garganta, y metiéndome en la casa del tormento, todo fue uno.

«Este gentil hombre, que teniendo disposición y manera para ser corregidor y se hace pregonero, esté aquí algún día, hasta que sepamos quién es, pues anda de noche a escalar las casas de los clérigos. Pues a fe, que ese sayo no se debió cortar a vuestra medida, ni trae olor de vino como suelen traer los de vuestro oficio, sino de un fino ámbar. Al fin, vos diréis, a mal de vuestro grado, a quién lo hurtastes, que si para vos se cortó, a fe que os hurtó el sastre más de tres varas.»

«En hora mala acá venimos», dije yo entre mí. Con todo eso, le hablé diciéndole que yo no vivía de aquel menester ni andaba a hacer lo que él decía.

«No sé si andáis —dijo—, mas ahora sale el arcipreste de San Salvador de la casa del corregidor, diciendo que anoche le quisieron robar y entrar la casa por fuerza si con buenos guijarros no se defendiera, y que decían los ladrones que era Lázaro de Tormes, un criado suyo. Yo le dije cómo os topé cabe su casa, y me dijo lo mismo, y por eso os manda poner a buen recaudo.»

El carcelero dijo: «Ese que decís pregonero fue en esta ciudad, mas en lo de Argel murió, y bien le conocía yo. ¡Perdónelo Dios! Hombre era para pasar dos azumbres de vino de una casa a otra sin vasija».

«¡Oh desventurado de mí, dije yo, que aún mis fortunas no han acabado! Sin duda, de nuevo tornan mis desastres: ¿qué será esto que aquellos que yo conozco y conversé y tuve por amigos me niegan y desconocen? Mas no podrá tanto mi mala fortuna, que en esto me contraríe, pues mi mujer no me desconocerá, como sea la cosa que en este mundo más quiero y ella quiere.»

Rogué mucho al carcelero, y paguéselo, que fuese a ella y le dijese que estaba allí, que me viniese a hacer sacar de la prisión. Y él, riendo de mí, tomó el real y dijo lo haría, mas que le parecía que no traía juego de veras, porque si yo lo fuera el que decía, él lo conociera, porque mil veces le había visto entrar en la cárcel y acompañar los agotados, y que fue el mejor pregonero y de más clara y alta voz que en Toledo había. Al fin, con yo importunalle, fue y pudo tanto, que trajo consigo a mi señor y cuando le iba hablar, que lo metió do yo estaba, trajeron una candela: aquella alegría que los del limbo debieron sentir al tiempo de su libertad, sentí, y dije llorando de tristeza, y más de alegría: «¡Oh, mi señor Rodrigo de Yepes, arcipreste de San Salvador, mirad cuál está el vuestro buen criado Lázaro de Tormes atormentado y cargado de hierros, habiendo pasado tres años las más estrañas y pelegrinas aventuras que jamás oídas fueron!».

Él me llegó la candela a los ojos, y dijo: «¡La voz de Jacob es, y la cara de Esaú! Hermano mío, verdad es que en la habla algo os parecéis; mas en el gesto sois muy diferente del que decís».

A esta hora caí en la cuenta, y rogué al carcelero me hiciese merced de un espejo; y él lo trajo. Y cuando en él me miré, vime muy desemejado del ser de antes, especialmente del color que solía tener, como una muy rubicunda granada: digo como los granos della; y ahora, como la misma gualda, y figuras también muy mudadas. Yo me santigüé y dije: «Ahora, señor, no me maravillo, estándolo mucho de mí mismo, que vuestra merced ni nadie de mis amigos no me conozcan, pues yo mismo me desconozco. Mas vuestra merced me la haga de sentarse, y vos, señor alcalde, nos dad un poco lugar, y verá cómo no he dicho mentira».

Él lo hizo, y quedando solos, le di todas las señas de cuanto había pasado después que lo conocía: y tal día esto, y tal día esto otro. Después le conté en suma todo lo que había pasado, y cómo fui atún, y que del tiempo que estuve en el mar y del mismo mantenimiento y del agua me había quedado aquel color, y mudado el gesto, el cual, hasta entonces, yo no me había mirado. Finalmente, que después quedóse muy admirado, y dijo: «Eso que vos decís muy notorio se dijo en esta ciudad, que en Sevilla se había visto un atún hombre; y las señales que me dais también son verdaderas. Mas todavía dudo mucho. Lo que haré por vos será traer aquí a Elvira, mi ama, y ella, por ventura, os conocerá mejor».

Y le di muchas gracias y le supliqué me diese la mano para la besar, y me echase su bendición, como otras veces había hecho, mas no me la quiso dar.

Pasé aquel día y otros tres, al cabo de los cuales una mañana entra el teniente de corregidor con sus ministros y un escribano, y comiénzanme a preguntar y, si no lo han por enojo, a querer ponerme a caballo, o por mejor decir verdad, en potro. No pude contenerme de no derramar muchas lágrimas, dando muy grandes sospiros y sollozos quexándome de mi sobrada desventura que tan a la larga me seguía. Con todo eso, con las mejores y más razones que pude, supliqué al teniente que por entonces no me tormentase, pues harto lo estaba yo, y porque lo contentase, viese mi gesto, al cual llegando la luz, dijo: «Por cierto, este pecador, yo no sé qué fuerza podrá hacer en las casas, mas él sin ella está, a lo que parece, según su disposición muestra. Dejémosle ahora hasta que mejore o muera, y dalle hemos por libre». Y así me dejaron.

Supliqué al carcelero tornase a casa de mi señor y le rogase de su parte, y suplicase de la mía, cumpliese la palabra que me había dado de traer consigo a mi mujer; y tornéle a dar otro real, porque estos nunca echan paso en vano, y él lo hizo, y me trajo recaudo que para el día siguiente ambos me prometieron de venir.

Consolado con esto, aquella noche dormí mejor que las pasadas, y en sueños me visitó mi señora y amiga la Verdad, y mostrándose muy airada, me dijo: «Tú, Lázaro, no te quieres castigar: prometiste en la mar de no me apartar de ti, y desque saliste casi nunca más me miraste. Por lo cual la divina justicia te ha querido castigar, y que en tu tierra y en tu casa no halles conocimiento, mas que te vieses puesto como malhechor a cuestión de tormento. Mañana vendrá tu mujer y saldrás de aquí con honra, y de hoy más haz libro nuevo».

Y así se me despidió de presente. Muy alegre de tal visión, conociendo que justamente pasaba porque eran tantas y tan grandes las mentiras que yo entretexía y lo que contaba, que aun las verdades eran muy admirables, y las que no eran pudieran de espanto matar las gentes, propuse la enmienda y lloré la culpa.

Y a la mañana venida, mi gesto estaba como de antes, y de mi señor y de mi mujer fui conocido, y llevado a mi casa con mucho placer de todos, hallé a mi niña ya casi para ayudar a criar otra. Y después que algunos días reposé, tornéme a mi taza y jarro, con lo cual en breve tiempo fui tornado en mi propio gesto y a mi buena vida.

Capítulo XVIII. Cómo Lázaro se vino a Salamanca, y la amistad y disputa que tuvo con el rector, y cómo se hubo con los estudiantes

Estando ya algún tanto a mi placer, muy bien vestido y muy bien Tratado, quíseme salir de allí do estaba por ver a España y solearme un poco, pues estaba harto del sombrío del agua. Determinando a dó iría, vine a dar conmigo en Salamanca, a donde, según dicen, tienen las ciencias su alojamiento. Y era lo que había muchas veces deseado por probar de engañar alguno de aquellos abades o mantilargos que se llaman hombres de licencia. Y como la villa está llena destos, el olor también se siente de lexos, aunque de sus noches Dios guarde mi casa. Fuime luego a pasear por la villa y, avezado de la mar, maravillábame de lo que allí veía, y bien era algo más de lo que tenía oído.

Quiero contar una cosa que allí me aconteció yendo por una calle de las más principales. Venía un hombre a caballo en un asno, y como era guiñoso y debía estar cansado, no podía caminar adelante, ni aun volver atrás sino con gran trabajo. Comienza el hombre a dar sus gritos: «¡Arre acá, señor bachiller!». Con esto no me moví yo, aunque pensé en volverme, pero entendiendo él que con más honrado nombre se movería más presto, comienza de decir: «¡Arre acá, señor licenciado! ¡Arre con todos los diablos!», y dale con un agujón que traía. Veríades entonces echar coces atrás y adelante, y el licenciado a una parte y el caballero a otra: nunca vi en mi vida, ni en el señorío de la mar ni en el de la tierra, licenciado de tal calidad que tanto lugar le hiciesen todos, ni que tanta gente saliese por verlo. Conocí entonces que debía ser de los criados con alguno de nombre, y que se hacían también de honrar con sus nombres, como yo me había hecho por mi valer y fuerzas en la mar entre los atunes. Pero todavía los tuve en más que a mí, porque aunque me hicieron señoría, no me dieron licencia a más de la que yo de mí, por mi esfuerzo, entre ellos me tomaba. Y cierto, señor, que he yo pasado algún tiempo que quisiera ser mucho más el licenciado asno, que Lázaro de Tormes.

De aquí vine siguiendo el ruido a dar en un colegio, a donde vi tantos estudiantes y oí tantas voces, que no había ninguno que no quedase más cansado de gritar que de saber. Y entre muchos otros que conocí (aunque a mí ninguno dellos) quiso Dios que hallé un amigo mío de los de Toledo, conocido del buen tiempo, el cual servía a dos señores, como el que arriba movió el ruido, y aunque eran de los mayores del colegio. Y como era criado de consejo y de mesa, habló con sus amos de mí de tal manera, que me valió una comida y algo más. Es verdad que fue a uso de colegio: comida poca, y de poco, mal guisado y peor servido, pero maldito sea el hueso quedó sin quebrar.

Hablamos de muchas cosas estando comiendo, y replicaba yo de tal manera con ellos, que bien conocieron ambos haber yo alcanzado más por mi experiencia que ellos por su saber. Contéles algo de lo que había a Lázaro acontecido y con tales palabras que, cierto, todos se preguntaban adónde había estudiado, en Francia o en Flandes o en Italia, y aun si Dios me dejara acordar alguna palabra en latín yo los espantara. Tomé la mano en el hablar por no darles ocasión de preguntar algo que me pusiesen en confusión. Todavía ellos, pensando que yo era mucho más de lo que por entonces habían de mí conocido, determinaron de hacerme defender unas conclusiones, pero, pues sabía que en aquellas escuelas todos eran romancistas y que yo lo era tal que me podía mostrar sin vergüenza a todos, no lo rehusé, porque quien se vale entre atunes, que no juegan sino de hocico, bien se valdría entre los que no juegan sino de lengua.

El día fue el siguiente, y para ver el espectáculo fue convidada toda la universidad. Viera vuestra merced a Lázaro en la mayor honra de la ciudad, entre tantos doctores, licenciados y bachilleres, que, por cierto, con el diezmo se podrían talar cuantos campos hay en toda España, y con las primicias se ternía el mundo por contento; viera tantas colores de vestir, tantos grados en el sentar, que no se tenía cuenta con el hombre, sino según tenía el nombre.

Antes de parecer yo en medio, quisiéronme vestir según era la usanza dellos, pero Lázaro no quiso, porque, pues era estranjero y no había profesado en aquella universidad, no se debían maravillar, sino juzgar más según la doctrina (pues que tal era esta), que no según el hábito, aunque fuese desacostumbrado. Vi a todos entonces con tanta gravedad y tanta manera que, si digo la verdad, puedo decir que tenía más miedo que vergüenza, o más vergüenza que miedo, no se burlasen de mí. Puesto Lázaro en su lugar (y cual estudiante yo), viendo mi presencia doctoral, y que también sabía tener mi gravedad como todos ellos, quiso el rector ser el primero que conmigo argumentase, cosa desacostumbrada entre ellos. Así me propuso una cuestión harto difícil y mala, pidiéndome le dijese cuántos toneles de agua había en el mar; pero yo, como hombre que había estudiado y salido poco había de allá, súpele responder muy bien diciendo que hiciese detener todas las aguas en uno y que yo lo mesuraría muy presto, y le daría dello razón muy buena. Oída mi respuesta tan breve y tan sin rodeos, que mal año para el mejor la diera tal, viéndose en trabajo, pensando ponerme, y viendo serle imposible hacer aquello, dejóme el cargo de mesurarla a mí, y que después yo se lo dijese.

Avergonzado el rector con mi respuesta, échame otro argumento, pensando que me sobraba a mí el saber o la ventura, y que como había dado resolución en la primera, así la diera en la segunda. Pídeme que le dijese quántos días habían pasado desde que Adán fue criado hasta aquella hora, como si yo hubiera estado siempre en el mundo contándolos con una péndola en la mano pues, a buena fe, que de los míos no se me acordaban, sino que un tiempo fui mozo de un clérigo y otro de un ciego y otras cosas tales, de las cuales era mayor contador que no de días. Pero todavía le respondí diciendo que no más de siete, porque cuando estos son acabados otros siete vienen siguiendo de nuevo, y que así había sido hasta allí y sería también hasta la fin del mundo. Viera Vuestra Merced a Lázaro entonces ya muy doctor entre los doctores, y muy maestro entre los de licencia.

Pero a las tres va la vencida, pues de las dos había tan bien salido, pensó el señor rector que en la tercera yo me enlodara, aunque Dios sabe que tal estaba el ánimo de Lázaro en este tiempo, no porque no mostrase mucha gravedad, pero el corazón tenía tamañito. Díjome el rector que satisficiese a la tercera demanda; yo muy prompto respondí que no solo a la tercera, pero hasta el otro día se podía detener. Pidióme que a dó estaba el fin del mundo.

«¿Qué filosofías son éstas?, dije yo entre mí. ¿Pues cómo no habiéndolo yo andado todo, cómo puedo responder? Si me pidiera el fin del agua, algo mejor se lo dijera.»

Todavía le respondí a su argumento que era aquel auditorio a do estábamos, y que manifiestamente hallaría ser así lo que yo decía si lo mesuraba, y cuando no fuese verdad, que me tuviese por indigno de entrar en Colegio.

Viéndose corrido por mis respuestas, y que siempre pensando dar buen xaque, recibía mal mate, échame la cuarta cuestión muy entonado, preguntando que cuánto había de la tierra hasta el cielo. Viera Vuestra Merced mi gargajear a mis tiempos con mucha manera, y con ello no sabía qué responderle, porque muy bien podía él saber que no había hecho yo aún tal camino. Si me pidiera la orden de vida que guardan los atunes y en qué lengua hablan, yo le diera mejor razón; pero no callé con todo, antes respondí que muy cerca estaba el cielo de la tierra, porque los cantos de aquí se oyen allá, por bajo que hombre cante o hable, y que si no me quisiese creer, se subiese él al cielo y yo cantaría con muy baja voz, y que si no me oía me condenase por necio.

Prometo a Vuestra Merced que hubo de callar el bueno del rector y dejar lo demás para los otros; pero, cuando le vieron como corrido, no hubo quien osase ponerse en ello, antes todos callaron y dieron por muy excelentes mis respuestas. Nunca me vi entre los hombres tan honrado, ni tan «señor acá, y señor acullá». La honra de Lázaro de día en día iba acrecentando; en parte la agradesco a las ropas que me dio el buen duque, que si no fuera por ellas, no hicieran más caso de mí aquellos diablos de haldilargos, que hacía yo de los atunes, aunque disimulaba. Todos venían para mí: unos, dándome el parabién de mis respuestas; otros, holgándose de verme y oírme hablar. Habiendo visto mi habilidad tan grande, el nombre de Lázaro estaba en la boca de todos, y iba por toda la ciudad con mayor zumbido que entre los atunes.

Mis convidados quisiéronme llevar a cenar con ellos, y yo también quise ir, aunque rehusé, según la usanza de allá, a la primera, fingiendo ser por otros convidado. Cenamos, no quiero decir qué, porque fue cena de licencias aquella, aunque bien vi que la cena se aparejó a trueco de libros, y así fue tan noble.

Después de haber cenado, y quitados los manteles de la mesa, tuvimos por colación unos naipes, que suelen ser allá cotidianos, y cierto que en aquello algo más docto estaba yo, que no en las disputas del rector. Y salieron, en fin, dineros a la mesa, como quiera que ello fuese. Ellos, como muy diestros en aquella arte, sabían hacer mil traspantojos, que a ser otro, dejara cierto el pellejo, porque al medio mal me iba, pero a la fin les traté tan bien, que ellos pagaron por todos, y demás de la cena embolsé mis 50 reales de ganancia en la bolsa. ¡Tomaos, pues, con aquel que entre los atunes había sido señoría! De Lázaro se guardarán siempre. Y por despedirme dellos les quisiera hablar algo en lengua atunesa, sino que no me entendieran. Después, temiendo no me pusiesen en vergüenza, porque no les faltara ocasión, partime de allí, pensando que no todavía puede suceder bien.

Así determiné volverme, dándome verdes con mis 50 reales ganados, y aun algo más, que por honra dellos al presente callo. Y llegué a mi casa a donde lo hallé todo muy bien, aunque con gran falta de dinero. Aquí me vinieron los pensamientos de aquellos doblones que se desaparecieron en el mar, y cierto que me entristecí, y pensé entre mí que si supiera me había de suceder tan bien como en Salamanca, pusiera escuela en Toledo, porque cuando no fuera sino por aprender la lengua atunesa, no hubiera quien no quisiera estudiar. Después, pensándolo mejor, vi que no era cosa de ganancia, porque no aprovechaba algo. Así, dejé mis pensamientos atrás, aunque bien quisiera quedar en una tan noble ciudad con fama de fundador de universidad muy celebrado, y de inventor de nueva lengua nunca sabida en el mundo entre los hombres.

Esto es lo sucedido después de la ida de Argel. Lo demás, con el tiempo, lo sabrá Vuestra Merced, quedando muy a su servicio Lázaro de Tormes.

Libros a la carta

A la carta es un servicio especializado para
empresas,
librerías,
bibliotecas,
editoriales
y centros de enseñanza;
y permite confeccionar libros que, por su formato y concepción, sirven a
los propósitos más específicos de estas instituciones.

Las empresas nos encargan ediciones personalizadas para marketing
editorial o para regalos institucionales. Y los interesados solicitan, a título
personal, ediciones antiguas, o no disponibles en el mercado; y las acompañan con notas y comentarios críticos.

Las ediciones tienen como apoyo un libro de estilo con todo tipo de referencias sobre los criterios de tratamiento tipográfico aplicados a nuestros
libros que puede ser consultado en Linkgua-ediciones.com.

Linkgua edita por encargo diferentes versiones de una misma obra con
distintos tratamientos ortotipográficos (actualizaciones de carácter divulgativo de un clásico, o versiones estrictamente fieles a la edición original de
referencia).

Este servicio de ediciones a la carta le permitirá, si usted se dedica a la
enseñanza, tener una forma de hacer pública su interpretación de un texto
y, sobre una versión digitalizada «base», usted podrá introducir interpretaciones del texto fuente. Es un tópico que los profesores denuncien en clase los
desmanes de una edición, o vayan comentando errores de interpretación de
un texto y esta es una solución útil a esa necesidad del mundo académico.

Asimismo publicamos de manera sistemática, en un mismo catálogo, tesis
doctorales y actas de congresos académicos, que son distribuidas a través
de nuestra Web.

El servicio de «libros a la carta» funciona de dos formas.

1. Tenemos un fondo de libros digitalizados que usted puede personalizar
en tiradas de al menos cinco ejemplares. Estas personalizaciones pueden
ser de todo tipo: añadir notas de clase para uso de un grupo de estudiantes,

introducir logos corporativos para uso con fines de marketing empresarial, etc. etc.

2. Buscamos libros descatalogados de otras editoriales y los reeditamos en tiradas cortas a petición de un cliente.